硯城誌《卷二》

公子

典心

插畫／呀呀

Kadokawa Fantastic Novels DX

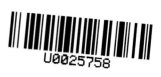

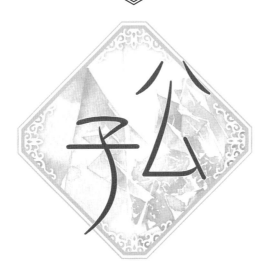

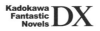

硯城誌《卷二》公子

目錄

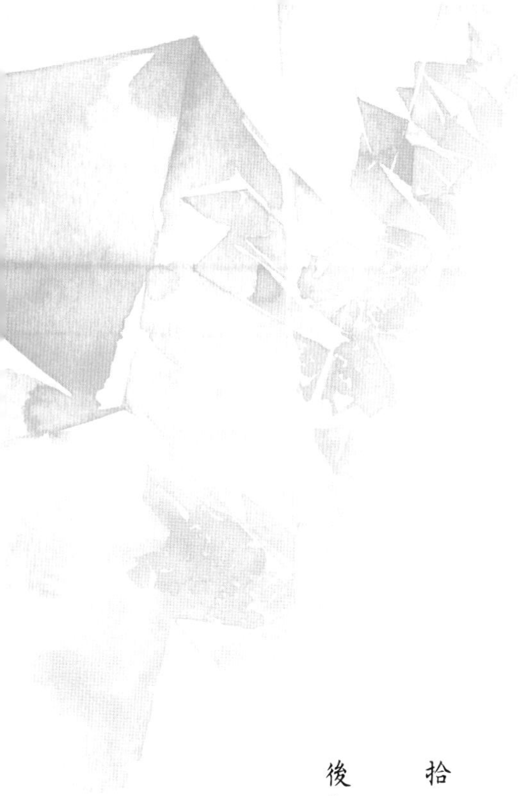

在遙遠的地方，最後一座終年積雪不化的雪山下，有著一座城。

城形如大硯，被稱硯城。

那座城景色優美、花木茂盛，家家戶戶前都流淌清澈的水。城裡住著人，以及非人，還有精怪與妖物，彼此相處還算融洽，維持著巧妙的平衡。

關於硯城的傳說，有的真、有的假；有的教人害怕、有的令人玩味不已，曾涉足過的人，回來後所說的都不同，人人各執一詞，彷彿拜訪過的是不同的城。

人們來來去去，唯有雪山屹立，靜靜看顧著硯城。

雪山護衛這座城。

雪山凝望這座城。

城內城外的種種，在雪山下一覽無遺。

傳說將被驗證。

故事，開始了。

壹

夢蝕

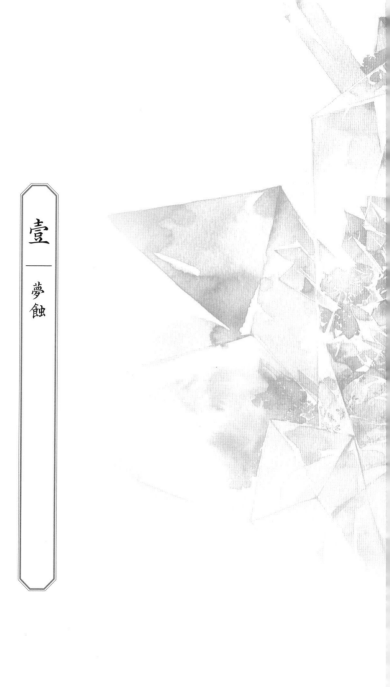

暗夜無光，路途遙遙。

伍郎走著走著，走過森林、走過山路、走過鋪滿五色彩的街道，在古城大街小巷行走，想盡快趕回家中，見見美麗的嬌妻，抱抱吐著軟軟乳音的兒子。

夜路總是走得慢，隱約之中，身後還傳來鞋履觸地的聲音。

伍郎停下腳步，好奇的回過頭，望向來時路，以為靜夜深深，竟也有同路人。但眺目看去，暗夜中不見人跡，腳步聲卻沒有停下，一聲比一聲近，還比先前快了一些。

逼近的腳步聲，讓伍郎驀地心頭一冷。

他急忙轉身，莫名的恐懼感讓他加快腳步，亟欲拉彼此的距離。

只是，他走得愈快，後頭的腳步聲也趕得愈急，雖然聽來還遠，卻已經讓他頸後的汗毛根根直豎，冷汗濡濕衣衫，一邊走著，一邊拿著手絹頻頻擦拭額上的汗珠。

終於，他看見家門了。

每次晚歸時，妻子總貼心的在門前，懸掛一對燈籠。

燈籠的光暈照亮黑夜，伍郎鬆了一口氣，往家門走去，直到身影都沐浴在光暈之下。身後的腳步聲停了，他也無心探看跟蹤他的到底是誰，直接推開家門，踏入門檻——

啪！

一隻肥嫩的小手，拍打他的臉。

伍郎醒了過來。

只見兒子歪著腦袋，眨著漆黑的大眼，傻愣愣的笑著，小手還直往他臉上拍，執意要找人玩耍。

「快過來，別吵爹爹。」

妻子連忙走過來，抱起嘟嘴不依的小娃兒。

「沒事，你再多睡一會兒。」她體貼的說著。

屋子裡飄著飯菜的香氣，伍郎坐起身來，瞧著窗外的日光。

「什麼時候了？」

「快晌午了。」

妻子回答：

「你昨天趕貨回來，又睡得不好，大半夜都在呻吟，所以早晨才沒喚你，想讓你補補眠。」

伍郎揉揉額頭，覺得仍舊疲累，像是沒睡過覺似的。

對了，他前幾日去養蠶人家，買了批染好的繡線。一來是掛念妻兒，二來是繡莊陳老闆的女兒即將出嫁，繡娘們日夜趕工，為新娘籌備嫁妝，庫存的繡線即將用盡，為了這筆大生意，他只得趕夜路回來。

或許是心裡著急，才會作了那場夢。

「還要再睡會兒嗎？」體貼的妻子問。

「不用了。」

他微微一笑，把夢境拋到腦後，從妻子手中接過兒子：

「我跟陳老闆約好了，下午就要把繡線送過去。」

「可別累著了。」

「不會。」

他擁著妻兒，心滿意足，覺得自己是世上最幸福的男人。

靜夜。

伍郎急速的走著，身後的腳步聲愈來愈近、愈來愈近，近到他幾乎能夠感覺到那人的呼吸，吹拂過他的後頸。

他心急如焚，只覺得不能讓那人追上，步伐愈來愈急，快到已經不是走路，而是極盡全力的奔逃。

每次，只要他趕回家門前，沐浴在燈籠的光暈下，身後的腳步聲就會消失。一旦踏入門檻——

「你怎麼了？」

妻子推了推他，輕聲細問：

「呻吟得好厲害啊。」

她轉身抱著丈夫，發現被窩裡溫暖，他的身子卻在發冷。

「沒、沒事。」

驚醒的伍郎喘息不已，全身汗出如漿，雙腿痠痛，含糊的回答：

「只是做了個惡夢。」

「你最近幾日，夜裡總是作惡夢。」

妻子睡音濃濃，含糊的說著，睏意淹沒她，呼吸再度變得深沉而規律。

伍郎在床榻上顫抖，不敢再睡。

這已經是第六日了。

從歸來的那夜起，被追逐的惡夢夜夜都來糾纏。他一夜一夜的被追逐，睡眠不能讓他放鬆，反倒讓他驚恐，為了奔逃而耗費體力，使得他白晝時倦怠不已，接連算錯好幾筆帳，損失不少銀兩。

他懼怕夜晚降臨，幾度忍著不睡，卻又不知不覺陷入夢境。惡夢太真實，他的腳底甚至長了水泡，雙腿僵硬如木。

連日的惡夢，更連累到妻兒，擾得他們也不能好好休憩。妻子的臉色愈來愈憔悴，兒子在半夜驚醒，哭鬧抽噎不停，原本已經能牙牙學語，語音不清的喊爹喚娘，這幾日卻變得沉默，不論怎麼逗弄，都一字不吭，只會放聲大哭。

為了讓妻兒能睡幾日好覺，他把妻兒送回娘家，獨自迎接第七個夜晚。

一如前幾日，惡夢再現。

這次，伍郎用盡所有的力氣，在深夜裡奔逃。

腳底的水泡磨破，滲出的血濡濕鞋襪，他忍著疼痛，氣喘吁吁的跑著，一心一意在熟悉的夜路上飛奔。

只要到家就好了。只要到家就好了。只要到家就好了。

他在心中默念著，終於跑過百子橋。往前經過鄰居家門，再繞過街角，就能看見家門口熟悉的燈籠；一旦到達燈籠下，身後詭異的追逐就會停止，他就會安全的醒來——

眼前的景況，驀地讓他驚駭止步。

家門前該是亮著的燈籠，竟黯淡無光。

伍郎赫然想起，燈籠是妻子點上的，而白晝的時候，是他親自送妻兒回娘家。

今夜，沒人為他點亮燈籠。

他邁開步伐，踉蹌的來到家門前，急著要推門屋，門扉卻動也不動，牢牢緊閉。

倏地，一隻冷涼的手搭上他的肩。

「終於追上你了。」陌生的聲音愉悅的說道。

伍郎連呼吸都停了，膽顫心驚的慢慢轉頭，順著肩上的手看去。

那是一個陌生人，正咧嘴笑著。

「我是魔。」

那人說著，笑容愈咧愈大，露出嘴內尖銳的牙，在昏暗的夜裡，那些牙更顯得怵目驚心。

魔輕鬆從容的稍稍靠近，雙眼帶笑的俯身，瞬間就咬斷伍郎的左手臂，津津有味的喝著血、吃著肉、啃著骨，含糊的直說好吃好吃。

伍郎看得目瞪口呆，被咬斷的地方卻絲毫不覺得痛——是啊，只是夢，一個惡夢而已，他當然不該覺得痛——

他在這時醒了過來。

窗外，天色已經濛濛亮，偌大的床鋪上只有他獨自一人。

真是個駭人的夢啊！

他擦擦額上的冷汗，本能的伸手去摸摸左手臂，卻只摸到空蕩蕩的袖子。恐懼湧上喉間，他顫抖不已的拉開衣衫。

只見左肩以下，睡前明明還完好的手臂，竟然消失不見，左肩的斷處渾圓，看不見傷口，更看不見半滴血，就像那隻左手臂從來就不曾存在。

「啊——」

朦朧的晨光裡，伍郎的哭嚎聲響遍整座硯城。

✻

硯城，位於終年不化的雪山之下，因城型似硯，故稱為硯城。

硯城之中，有座木府。

木府的主人，就是硯城的主人。

歷代的木府主人，都很年輕，也都沒有姓名，若是男人，就稱為公子，若是女人，就稱為姑娘。城內外若是遇上難解的事，只要來求木府的主人，沒有不能解決的。

陽光明媚的午後，木府的一座庭院裡，鳥語花香。

茶花盛開，努力展現最美的姿態，讓坐在花凳上溫柔婉約的女子，一針針的在絹布上繡出栩栩如生的花樣。紅的花、綠的葉，襯托得恰到好處。

樹蔭為她遮擋陽光，讓她所坐的角落溫度涼爽宜人，既能清楚的刺繡，又不會曬得過熱。

她衣衫雅致，不顯奢華，肌膚柔潤如玉，柳眉彎彎，雙眸像最美的夢，髮間的金流蘇輕輕晃動，不敢驚擾她的專注。

奴僕偶爾上前，為她斟換瓷杯裡的香茗，小心的注意茶溫，不敢太燙，也不敢太涼，伺候得無微不至。

就在第三朵茶花即將刺繡完成時，一個高大健壯、皮膚黝黑的男人，逕自闖入庭院，瞧見她靜靜刺繡時，濃眉不由得擰起。

「外頭都鬧得不行了，妳還有閒情逸致在這裡繡花。」

他強壯的雙臂環在胸前，語帶不悅，但沒有指責。

繡針停頓，女子抬起頭來，聲音婉轉：

「外頭怎麼了？」她問。

「有個少婦在石牌坊前跪著哭求幾個時辰，雙眼都快哭出血，僕人們卻還是不讓她進來。」

察覺她真的沒聽見，男人的雙眉擰得更緊。

女子款款起身，輕嘆一聲，吩咐一旁的奴僕：

「快把那少婦帶進來，領到大廳去。」

「但是——」奴僕遲疑著。

「別擔心，你是照我的吩咐去做，不會受到責罰。」女子輕聲細語，露出令人安心的淺淺笑容。

奴僕這才不再躊躇，轉身往外頭走去。

「那傢伙在哪裡？」

男人不客氣的問道。整座硯城裡，也就唯獨他一人敢大膽的用如此口氣、如此詞句，稱呼木府的主人。

女子嫣然一笑。

「公子就在大廳裡。」

大廳之內滿是書冊，散落在桌上、椅上，還有地上。

身穿白袍的男人，容貌俊逸非凡，一手撐著下顎，一手握著書冊，雙目在字裡行間遊走，姿態輕鬆愜意。散落的書冊上寫滿不同的文字，有的扭曲如蛇、有的斑斑點點，有的甚至完全空白。

當女子的繡鞋踏入廳內之前，公子慵懶的揚手輕揮，所有書冊瞬間消失無蹤。

他抬起頭來，眼裡嘴角盡是深情，溫潤如玉的手伸向她，用最珍惜的姿勢等待她走來。他眼裡只有她，容不下其他。

軟嫩的小手滑入他的掌心，兩人雙手交握。

「曬得熱了？」他輕聲問，撫著指下的花容月貌。

「還好。」她淺笑。

公子抬起頭來，往廳外望了一眼，陽光就羞愧的黯淡下來，為了曬熱夫人而深深愧疚。

「雷剛說，外頭有少婦跪哭許久，我卻沒聽見。」

她望著丈夫，身子不由自主的靠近，無限依戀。

「是我設下封印，不讓外頭的聲音騷擾妳繡花的興致。」

她咬著唇，無奈嘆息：

「你太過疼寵我了。」

成親至今，他總事事以她為先，延宕過不少事情，類似的情狀已經發生過不知多少回。

「不。」

公子斂起笑容，認真的注視：

「不論怎麼疼妳、怎麼寵妳，對我而言永遠都不夠。」

他的掌心幻化出一朵紅豔的茶花，仔細簪在她的髮上。

如此親暱的話語，他總也說不膩，她聽得羞怯不已，粉臉比髮上的茶花更紅。只是想到還有旁人在場，她羞得更厲害，嬌小的身軀不敢再依偎著他。

「我已經讓僕人領少婦過來了。」她轉移話題，甚至還想退開，小手卻被握住不放，難以脫身。

公子望向站在一旁不識趣的雷剛：

「要不是你曾經救過她，我早就把你給殺了。」

這句話聽不出是真是假。

雷剛杵著不動，沒將威脅當一回事，冷哼了一聲：

「等你把事情處理好，我立刻走人，行了吧？」

公子還未回答，夫人已急忙搖頭。

「不行，你別急著走，妹妹知道肯定會傷心的。」

她朝著站在大廳側門外，恭敬垂首的奴僕說道：

「快去把妹妹找來。」

奴僕福了福身，無聲無息的離去，一會兒之後，就領來一位素衣少女。

望見雷剛的身影，少女未語先笑，粉嫩的唇輕啟，正要說話的時候，嘶啞的哭聲傳來，那哭聲如似撕心裂肺，聽者無不心頭發疼，就連盛開的花朵都會為之凋謝。

也不知是敬畏，或是在石牌坊外頭已經跪得雙腳發軟，難以支撐身體，少婦一進大廳就跪下來，緊抱懷裡的布包，哀切的哭泣著。

善良的夫人聽見如此悲傷的哭聲，雙目淚光盈盈，幾滴淚珠滾落雙頰，落進丈夫的手心。

公子臉色一沉，冷聲下令：「別哭了。」

哭聲驟然止息，少婦抽噎著，滾滾淚水都反溢回體內，讓她因曝曬而乾渴的身體得到了滋潤。

「妳為什麼在外頭哭泣？」冷淡的聲音，彷彿從至高無上處傳來。

少婦跪得更低，畏懼得不敢抬頭。

「為了求公子，救我丈夫一命。」

「妳丈夫在哪裡？」

少婦先是用顫抖的手掀開懷中的布包，接著高舉雙手，懇求硯城內外不論人與非人都敬畏不已的公子，能夠慷慨的施捨片刻注意，換取她丈夫的一線生機。

被小心舉起的，是一顆人頭。

伍郎的頭。

沒有手、沒有腳、沒有身軀，僅僅剩下一顆人頭。

人頭雙眼未閉，盈滿淚水的眼珠慌亂轉動，竟還能開口哀求，聲音清清楚楚：

「求公子救命！求公子救命啊——」

夫人訝異低呼，難以置信的看著那顆還活著的人頭。

「別怕。」

公子低語，安撫妻子後，才緩步上前，雙手背負在後，繞著那顆人頭走了一圈。

只見那雙眼珠也跟著移動，只差沒跟著轉到後頭去。

「你其他的部分到哪裡去了？」公子問道。

睜得大大的眼睛落下淚來。

「都、都在夢裡被吃了。」

伍郎鉅細靡遺的說起夢裡的追逐，直到第七日時，魔在夢裡咬斷他的左手臂後，他就不敢入睡，灌了一壺又一壺的濃茶，勉強支撐了三個晝夜，才不小心打了個盹，魔就再咬去他的右手臂。

從娘家返回的妻子看見丈夫兩袖空蕩，雙臂斷處都不見血，也沒喊一聲疼，嚇得手腳發軟，差點把兒子摔落在地上。

她連忙奔出門去，向鄰居們求救，等到領著鄰居回來時，伍郎的左腿也不見了。

人人驚愕不已，直說這狀況不論求神問佛怕都沒用，只能去求公子。

大夥兒趕緊拆下門板，把伍郎放在上頭，急匆匆的走街竄巷。途中伍郎縱然驚恐，卻仍不堪睏意，打了一次的盹兒，右腳就不見了，眾人怕他再睡，沿途拚命的打他臉頰，在他耳邊大喊大叫。

好不容易來到木府的石牌坊前，伍郎的妻子跪著哀求，一聲又一聲的叫喚，木府裡卻始終沒有動靜。

才稍稍不注意，伍郎又睡去，醒來身軀都消失，只剩一顆頭，嘴巴張得大大的，驚恐到極點的喊叫。

妻子痛哭失聲，哭喊得更大聲。

在陽光曝曬下，駭然不已的伍郎起先還會說渴說餓，旁人看著如此可憐，不忍心的遞上水跟食物。妻子餵他吃、餵他喝，也都吃喝得下，只是不知是吞嚥到哪裡去了。

之後，他又說曬得受不了，妻子只能用布將丈夫的頭包起來，用身體為他遮蔭，癱跪在地上放聲痛哭。

還好雷剛路過，聽見她的哭聲，逕自闖進木府，否則再慢上一些時間，伍郎肯定連頭都沒了。

聽完來龍去脈，公子微微瞇起雙眼，緩聲說道：

「你的身軀既然是在夢裡被吃，那就得到夢裡去找。」

伍郎與妻子同時嚇得瑟瑟發抖。

「但、但是，我丈夫就只剩這顆頭，要是再入夢——」

「你們來求我，卻不信任我？」

冷冷的聲音，寒似北風。

剎那間，屋裡彷彿暗了下來，恍若由明媚的春日掉入凜烈寒冬，教人打從骨子裡冷了起來，渾身打顫。

「不敢不敢。」

妻子捧著伍郎的頭，膽寒的連連磕頭，在那無形的寒意壓迫下，整個人慢慢的、慢慢的縮小：「求公子務必救命。」

柔軟的小手探出，輕扯公子衣袖。公子低頭看見夫人嬌美的臉，滿盈一室的迫人寒氣瞬間緩解許多。

「不要氣惱，她只是救夫心切，無意對你不敬。」

夫人很能體恤，柔聲安撫丈夫，每說出一個字，公子森冷的神色就轉趨和緩。

「罷了，反正那夢裡的魔是讓妳落淚的罪魁禍首，我非得嚴懲不可。」

他從來捨不得讓她受一丁點兒的不快，命令花卉不顧四季，為她終年綻放；日光不能曬熱她、寒風不能吹冷她，而那隻魔鬼竟惹得她落淚！

公子走上前，俯身望著伍郎的人頭，身穿白袍的俊逸模樣，清楚的映在那雙惶恐大張的眼瞳之中。

「睡。」

簡單一個字，就遠遠強烈過求生意志，伍郎眼神渙散，眼皮緩慢蓋下。

在他雙眼即將緊閉時，公子化作一道白光，穿透他的眼瞳，瞬間消失不見。

夢。

又是靜夜深深。

不同於前幾次，僅剩人頭的伍郎一動也不能動，只能驚慌的亂轉眼珠，感覺冷汗從額頭冒出，一顆顆的滑下。

輕巧的跳躍聲從後方靠近，連腳步聲也聽得出無限歡欣。

魘鬼把他捧了起來，轉過去四目交接。全身僅剩頭部與他不同，其餘身軀、雙手、雙腳，原本都是屬於他的。

伍郎清楚的記得，左手臂弧形的疤痕，是八歲那年被鐮刀劃傷；右肩膚色較淺的那塊，是去河邊抓魚，擦傷後長出的新皮；左腳的燙傷，是為了接住跌下床的兒子，被滾落的通紅煤炭所灼——

「這是我的身體！」

伍郎哭喊著，眼睜睜看著自己的身體被奪去

「把我的身體還給我！」他恐懼的哀鳴。

魘鬼卻笑了。

「既然被我吃了，就是屬於我的了。」

他伸出滑膩膩的舌頭，舔著伍郎的臉頰，在享用美食之前，先品嘗一些滋味，捨不得太快吃掉。

「只要再吃了你的頭，我就擁有齊全的肉體，能在白晝之下行走，不必再困在夢裡。」

舌頭舔了再舔，唾液都滴下來。

「不要！我有妻子、還有兒子，他們都在等著我，我不能被你吃掉。」

伍郎哭喊著，想躲開亂掃的舌頭，卻連轉頭都做不到。

「別擔心，我會代替你照顧你的妻兒。」

魔鬼安慰著，隨即咧開嘴，露出銳利的牙，迫不及待的大口咬下。

當曾輕易咀嚼伍郎四肢與身軀的利齒，就要觸及頭顱時，兩道白光從伍郎的雙眼射出，狠狠戳進魔鬼的眼。

魔鬼發出淒厲慘叫，顧不得手中美食，把伍郎的頭顱拋開，雙手摀著眼睛，痛苦的在地上打滾。

「你帶來了什麼？你帶來了什麼？」

痛苦的聲音裡帶著憤怒與恐懼，透明濃稠的液體從眼中湧出。因為液體的流失，魔鬼的臉變得乾枯，髮絲全都落盡，薄薄的皮膚貼著頭骨，還愈繃愈緊，連眼皮都無法閉上。

從伍郎雙眼射出的兩道白光逐漸合而為一，公子的身影冉冉出現，散發的光芒照亮夢境最黑暗的角落。他站在白光之中，睨視滿地打滾的魔鬼，衣衫無風自飄。

即使雙眼已瞎，那美麗至極，也恐怖至極的影像，還是穿透空洞的眼眶，映射在他腦中。他恐懼的狼狽後退，企圖遠離那俊美的男子，就怕會再受到更嚴重的傷害。

「你為什麼要阻止我？」

魔鬼忿忿不平的質問，扯得太薄的皮因為說話而一片片掉落，露出枯槁的肉與白色的骨。

「我不是要阻止你。」

公子面無表情，潔淨的足尖不曾觸地，翩然來到魔鬼身前，一字一句緩聲說道：

「我是要殺了你。」

說完，他抓住魔鬼的頭，連同奪來的身軀，一同拖到伍郎面前。

「你的夢該醒了。」

剎那之間，伍郎眼前一亮。

四周不再是漆黑的夢境，而是已經回到木府的大廳。他詫異的直眨眼睛，看見公子一如夢境之中，就站在他眼前，手裡還拖著那隻魔鬼。

無法存活於白晝的魔鬼，頭顱被日光一曬，就熱燙得冒煙，疼痛得高聲慘叫。公子的手稍稍用力，冒煙的頭顱化為粉末，慘叫頓時中斷，只剩伍郎的身軀軟軟倒臥。

雖然救回身軀，但丈夫仍是身首異處。少婦心裡著急，卻不敢開口，就怕說錯話又會惹怒公子，只能擔憂的望向夫人。

「別擔心，只要縫上就好了。」

夫人露出笑容，從衣袖中取出針與繡線，交到少婦手裡。

「多謝夫人。」

少婦感激涕零，接過針線後，就將丈夫的頭顱縫在身軀上，縫的時候還格外緊密，就怕他往後喝水時漏了。

當她縫妥最後一針，打好線結後，伍郎長長的呼出一口氣。

他先試著動動手指，確定手指能動後，才試著動動手臂，接著是雙腳，還有身軀。雖然還有些虛軟，但他緩慢站起身來，欣喜發現原本被魔鬼奪去的，如今全都回來了。

唯一與先前不同的，是他的頸間多了一道細密的縫線。

不敢久留的夫妻千恩萬謝後，跟隨在自行提議要帶他們離開的雷剛身後，連頭也不敢回，撐著發軟的雙腿，儘速離開庭院深深的木府。

看著愈走愈遠的高大背影，夫人有些埋怨，望著丈夫說道：

「你怎麼不留住雷剛，就這麼讓他走了？」

「算他識相，知道該早早走人。」

他不希望有任何人來煩擾他們夫妻，即使是好友雷剛也一樣。他成親後這些年來只是忍受雷剛，其實並不再歡迎。

「但是這麼一來，妹妹就要失望了。」

夫人疼惜的說著。她與丈夫是如此幸福，自然也希望妹妹能有好歸宿。

素衣少女站在門前，已經看不見雷剛，卻依舊沒有轉身。她很年輕，面容還帶著一分稚氣，雙眼清澄如水

「他會再來的。」少女的聲音脆脆的，格外悅耳動聽。

「別去想他。」

公子轉回妻子的臉，不讓她看著別的東西：

「妳只能想著我，知道嗎？」

他柔聲哄著，拿掉她髮間的茶花，再幻出另一朵更紅、更豔的，重新為她簪上。

只是，剛簪上夫人的髮，那朵豔麗至極的茶花就驀地枯萎，色澤變得黯淡，花瓣一片片凋零，落在大廳的地上。

公子神色一凜，又幻出一朵茶花。這次幻出的茶花並非綻放正盛，而是已帶枯色，還沒簪上夫人的髮就凋零落盡。他一而再的幻出茶花，卻一朵比一朵枯萎，凋零得也更快，到最後他能幻出的，只剩一根枯枝。

許久許久沒見過花兒凋零的夫人，看著遍地落花，不解的抬起頭來，發現丈夫的神色比枯萎的花瓣更難看千萬倍，她從來不曾看過他如此震驚的模樣。這麼久以來，她一直以為不可能有任何人、任何事，能讓無所不能的他感到驚愕。

「發生了什麼事？」

她急急追問，雙手捧著丈夫的臉，指下冰冷的肌膚，讓她更加不安。

是什麼人或非人傷害了他嗎？

有什麼人或非人，能夠傷害得了他？

公子丟開手中的枯枝，緊緊抱住妻子，整個人僵硬緊繃。這些年來，即使面對最可怕的妖魔，他也能從容以對、面不改色，但是如今——

時間到了。

他將妻子抱得更緊，耳畔卻聽見沒有說出口的話語，被脆脆的嗓音說出：

「時間到了。」

少女轉過身來，清澄的雙眼，注視著緊緊相擁的夫妻。

「妹妹，妳說什麼？時間？什麼時間？」夫人更困惑。

「我不是妳的妹妹，這些日子以來，我只是讓你們以為我是妳妹妹。」

少女輕輕搖頭，素衣散發出柔和的光澤，眸子望向公子。

「你太專注於她，還有那些書冊，才讓我有機會趁虛而入。」

她雙袖一揚，原本被公子隱沒的書冊全都現形，每一冊都浮在半空中，充塞在大廳之內，如重瓣的花或是蝶，書頁翻飛時窸窣有聲，一聲聲都是責備。

「當你開始蒐羅這些入魔之法的書冊，神族就起了疑心。」

她伸手畫了個無形的圓，被粉紅色指尖觸及的書冊全都著了火，一本又一本的燃燒，迅速的蔓延開來。

火光熊熊，映在她的素衣上，宛如一朵朵豔麗的花。

「你知道規矩。」

她靜靜的說：

「每一任主人掌管硯城的時間，只有五十年。期滿之後，卸任的主人就必須獻出最在乎的那人，如此才得以維持硯城的平衡。」

公子面容扭曲，怒聲大叫：

「不！」

「五十年期滿，你可以卸任了，請把夫人交給我。」

少女伸出手來，書冊在她四周燃燒，卻不能傷她分毫，火焰虔誠的膜拜她的髮、她的衣。

「這是你最後的機會。」

「我不會把她交給妳！」

「卸任的主人，就能成為神族，永遠不老不死。」

少女勸說著，沒有催逼：

「只要成為神族，你就能擁有任何東西。」

「不能與她廝守，我不老不死，甚至擁有天地，都沒有意義。」

公子表情猙獰，咆哮出聲：

「我寧可入魔，也不會犧牲她！」

他揮手劈向少女，一道強烈的光芒吞噬火焰，力量強大得足以劈開整座硯城。

少女伸出手，用指尖輕輕的、輕輕的擋下那道光芒。

凶悍狠絕的光芒，毫不反抗的融化臣服，落在她的衣衫上，心甘情願為她的衣衫染上淡淡的光澤。

這麼強大的力量，他不但未曾見過，甚至未曾想像過。

「妳是誰？」他的聲音竟在顫抖。

「現在——」

她聲音柔和，字字清晰，脆脆的語音迴盪在大廳中：

「我是木府的主人、硯城的主人。」她宣布。

木府的主人，就是硯城的主人。若是男人，就稱為公子；若是女人，就稱為姑娘。

接替他的人，竟是個猶有稚氣的少女。

他低頭望向懷中的妻子，輕撫過她的輪廓，在她的額上印下一吻。他的手、他的吻都是那麼冰冷。

「夫君？」

惶恐不已的夫人不願意離開他的懷抱，卻被他堅定的推到身後。然後，他放開了她的手。

白袍的顏色漸次轉灰，隨著每次心跳就更深、更濃，黯淡到灰的最盡頭，是深不可測的黑，他跨過了一道絕對不能跨過的界線。為了保住妻子，他放棄一切，寧可成魔。

少女衣衫上的色澤悄然褪盡，光芒回噬撲擊，裹住他全身，纏抱得愈來愈緊。

他先前釋放的力量為了討少女歡心，反過來綑綁他，一層又一層的緊縮，甚至將白袍上的黑色全都擰扭出來，化作地上的一灘黑水。

粉嫩的指尖劃過綢衣，分開彼此的牽連。

他眼睜睜看著少女一步步走向妻子，身軀激狂扭動，放聲吶喊：

「住手，把她還給我！」

吐出口的每個字，都沾著血。

少女轉過身來，看著雙眼通紅，狂亂得幾乎要失去人形的公子。

「我不能縱容你危害硯城。」

她舉起手來，空氣都倏地收攝，日光消失，太陽在她手心中亮起，炙熱刺眼，讓他雙目全瞎、身軀融化。

殘存的聽覺，只聽見那可恨的聲音脆聲宣布：

「奉神族之命，我判你流放到萬里之外，不得再歸回硯城。」

強大的力量撲向他，像是太陽砸落在身上；他騰空飛起，像顆慧星般遠離硯城、遠離心愛的妻子，在無盡的痛楚中吶喊：

「把她還給我——」

硯城之底，深之又深的石縫中，魔物微微一動。

他醒了。從三年多前那個被迫與妻子分開的惡夢中驚醒。

這些日子以來，他夜夜都會夢見那日的景況。

淚水從深陷的眼窩流出，滴落到石上，腐蝕出一個個凹洞。

他不想作那個夢，卻更不想忘卻那個夢，因為那是他與妻子最後的記憶。他寧可保留濃烈的恨意，在夢中一遍遍重溫，讓恨意侵蝕他的良知、他的魂魄、他的身軀。

如此，他才能化為最黑暗的魔，沿著碎落的粉末，一點一滴的充補，爬行過萬里之遙，回到硯城。

他要來找回妻子。

她深愛的妻子啊！

把她還給我。

沒有心的魔物，哀傷的無聲呢喃。

把她還給我。

他張開嘴，深深的、恨恨的咬住自己的手，直到咬出腥臭的液體。

把她還給我。

帶著疼痛，他閉上雙眼，期待能再度夢見那個惡夢，夢裡有妻子的柔情、妻子的溫度、妻子的髮香……

魔物在入睡前，流著腐蝕的淚，哀淒的低語著：

「把她還給我。」

貳

盲

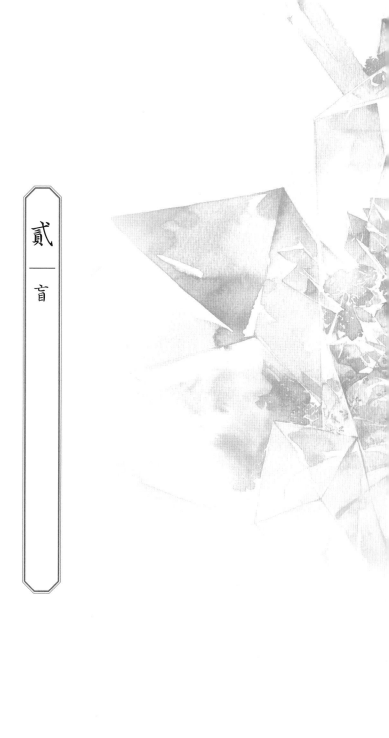

今年的秋季，來得特別早。

並不是暑氣早褪，而是硯城裡外，景色已經起了變化。

銀杏開始轉黃、菊花含苞待放、石蒜的花梗拔地而起，花兒先綻放，花瓣向外翻捲，張揚得形如龍爪，見花不見葉、見葉不見花，本是同株生，花葉卻永難相見。

那日，吹過一陣冷冽的秋風。

草原上的顏色也變了，紅黃香間的狼毒花、深紫的鳶尾花，翠綠的草原化為火紅花海，豔麗得教人美不勝收。

買足一批新貨的劉永，就是在回硯城的途中初次見到絨兒的。

她孤身一人，坐在小徑旁，雙手撫著腳踝，面露痛楚。

相較於繽紛奪目的草原，她顯得有些蒼白。素淨的臉兒、衣裳是淡淡的灰黃色，足下一雙綠緞鞋。

當劉永經過時，她沒有開口求助，烏黑的大眼望著他，小手仍撫著腳踝。

他原本就生性善良，見到傷殘病弱，總會見義勇為。更何況眼前落難的還是一個柔弱無依、容顏秀麗的年輕女子。

「妳還好嗎？」他在女子面前蹲下，關懷的問著。

女子搖了搖頭，因為劉永的靠近，蒼白的臉上浮現淡淡的紅暈。她羞赧的低語：

「我要到硯城尋親，一時走得太急，才弄傷腳踝。」

「我就住在硯城，平日販售胭脂水粉，城裡的人都熟，說不定就認識妳的親人。」

他看了看她的腳踝，小心翼翼的碰觸，力道比任何男人都輕柔。

他生得俊朗，時時笑容滿面，客戶都是女人，因為嘴甜不吝嗇誇讚，因此熟客不少，不論是年輕少女或是花甲老婦，都愛光顧他的生意。

對待女子的經驗多了，讓他更懂得女人跟男人不同，該要溫柔呵護。

「妳的親戚住在哪裡？姓什麼？名什麼？」他問。

「只知道姓禾，兩家多年不曾走動。」

她低下頭來，無奈嘆息：

「去年我父母染病雙亡，家裡僅剩我一人，又受鄰里惡霸欺凌，只能來投奔遠親，盼望有個依靠。」

劉永聽了很是同情。

但是，硯城裡姓禾的人家多得難以計數，她就算到了硯城，要找到親戚，也得花費不少時間。

天空邊緣染上淡淡紫色，黃昏即將降臨，緊接著夜色就會籠罩四周。

放著她獨自在草原過夜，肯定會恐懼不已，要是碰上猛獸，她腳踝受傷，非但逃不了，肯定還會被猛獸吞吃了。

幫人幫到底，他無法置身事外。

「天就要黑了，不如我背妳先進城，先在我家將就一夜，等天亮後再去尋親，這樣如何？」

他體貼的詢問。

粉臉又紅了幾分，羞得不敢看他，猶豫了一會兒，才小小聲的問：

「這樣會不會太麻煩您了？」

「不會，助人為善嘛！」

劉永展顏笑著，把背後的籐筐卸下，改掛在胸前，轉身背對她：

「請上來吧。」

等了一會兒，他猜她是太羞怯，所以也不催促，耐心的等著。半晌之後，軟綿綿的少女身軀貼上他的背，纖細雙手環住他的頸項，細緻又軟嫩。他有些心猿意馬，又快快克制。

背上的少女很輕盈，還有著淡淡的、屬於初秋的香氣。

「抓好，別掉下來了。」

他囑咐，邁開步伐。

羞羞的嗓音從背後傳來，貼著他的背，震動他的胸膛。

「謝謝。」

劉永孤家寡人，住處撐不上舒適，但遮風避雨沒問題。屋內一間房是他睡的，另一間則是母親過世前的臥榻，已經閒置幾年。

空房灰塵多，他讓出自己房間，把最好最暖的被褥都留給那姑娘，獨自去睡佈滿蛛網那間，蓋著破舊的被褥，很安分的沾枕就睡，對她很尊重。

第二天醒來，他把餅蒸熱，讓她慢慢吃。隨即背著籮筐出門，販售胭脂水粉，還順道為她尋親。

但接連探問多日，卻還是沒有消息。劉永想著孤男寡女共處，傳出去對她名聲不好，安排她到鄰居婦人家去住，她卻泫然欲涕，不願搬離，對他格外依賴。

她那模樣連鄰居婦人都看得不忍，加上知道劉永老實，又知這姑娘八成是對他有意，婦人有心撮合他倆，便提出折衷的辦法：她會不時過來探看，關照這初來乍到的女子，直到找到親人為止。

劉永只能答應，並繼續為她尋親，時間漸久後，她反倒提起得少。她日日為他打掃屋子、烹煮三餐，還變賣一兩樣首飾，換得銀兩去買布跟棉花，一針一線的縫製新被褥。

除此之外，她還請木工師傅做出精緻的小盒，將販售的胭脂裝在裡頭，因為模樣討喜，城裡的女子搶著購買，即將出嫁的新娘們還非得多買幾盒當嫁妝，否則寧可延遲婚期。

生意太好，自然引來同行忌恨，聯手逼迫批發商，不能賣貨給劉永。他接連離城去拜託，每趟來回就要半個月，批發商都一次次的拒絕，只得喪氣的回家發愁。

絨兒說以前的鄰居就是製作胭脂的，現在雖然聯絡不著，但她看過製作過程，也常幫忙，用料跟調製的祕方都記得很清楚，既然買不到，不如就自製。

她在隱密的荒地，種出初開時是黃色的花，等到花色轉為橘紅，才採下用石缽反覆杵磨，濾去黃汁後留下紅汁，再淘澄淨渣滓，配花露蒸疊後，就豔得如玫瑰膏，品質遠比批發商所售的好上不知多少倍。

女人們都視若珍寶，用時以簪子挑少許，用水抹開來，抹在唇上、頰上。

說也奇怪，只要用了劉永的胭脂，就能變得更美，男人紛紛停駐觀看，許多女人都如此嫁得如意郎君。因為口碑極佳，連非人也來搶購。

貨品賣得炙手可熱，劉永的家境也寬裕起來。

他換了間三房一照壁的宅子，屋宇寬敞明亮，家具都是精美的，被褥換成又軟又滑的上好絲綢。

同行縱然嫉妒，也無可奈何，即使偷偷買到胭脂研究，也只能驚嘆，不甘心的佩服。

他們不再排擠劉永，轉為努力巴結，邀請劉永要去最出名的館子，吃昂貴的美食、喝難得的美酒，卻每次都被拒絕，推說只想回家，吃絨兒煮的飯菜。

得知劉永的生意是絨兒出現後才變好的，他們派出妻妾，捧著禮物、堆著笑容登門拜訪，關懷的噓寒問暖，還有人言之鑿鑿，說自己就是絨兒的遠親，她都笑而不語，總不吝嗇的拿出胭脂分送。

日子久了，妻妾們都真心喜歡她，還勸丈夫別再找他們的麻煩。

劉永與絨兒雖然住在同間屋子，卻仍舊分房睡。他萬分感謝她，不知該如何報答，當初信誓旦旦，說要為她尋親，現在日久生情，想到不能日日看到她，就覺得難受。

終於，他鼓起勇氣向她求親，結結巴巴的問她是否願意嫁他為妻。

絨兒喜極而泣，淚汪汪的點頭，早就愛慕他的直率、他的尊重，以及他雖然俊朗嘴甜，卻又忠厚老實。

她從兩人初見時，就在等待這一刻、等待他開口。

等不及大喜之日，兩人當夜就有了夫妻之實。她嬌柔得令他快樂、令他覺得強壯，貪婪得一再索求，她呻吟承歡，直到他全身汗濕，倦累的趴在她身上。

她靠在他懷裡，緊緊依偎著，情意深濃的問：

「你愛我嗎？」

「愛。」他喘息回答。

「真的嗎？」

「真的。」

「有多麼愛？」

「很愛很愛。」

情人間的私語，呢喃在喘息間。

聽見她悄聲問了一又一次，反覆確認，他憐愛的答著，即使睏意愈來愈深，也沒錯過每次回答。

「你愛我嗎？」她追問。

「愛。」

睡意愈來愈濃，入夢前最後聽見柔柔的聲音問：

「是不是愛得，眼裡能只有我一個？」

他勉強應了一聲，隨即墜入甜美夢鄉。

木府的午後，靜謐無聲。

這座宅邸不論大小或是精緻華美的程度，都屬硯城第一。重重的屋宇，有數不清的房間，光是鑰匙就獨放一棟樓，屋宇之間的佈置更是雅致非凡，有繁花似錦的庭院、清澈的水池，蜿蜒的水道映著日光。

這是銀杏最金黃的一日，每葉都燦爛如金。

原本高高在上的它們，如今全都垂下枝幹，每片耀眼的葉子都朝向同一個方向，挪湊到衣衫素雅的小女人身旁，因期盼而顫抖，發出沙沙的聲音。

她挑了又挑，選了又選，指尖在葉片上徘徊。

銀杏葉們多想一口氣挺高，去觸碰她的指，卻又不敢造次，只得苦苦等待，期望能有榮幸能被她選中。

終於，嫩如十六歲少女的指，落在一片葉子上。

銀杏葉幸福的融化，鮮妍璀璨的金色，從她的衣袖逐漸漫上她的衣衫，直到素雅的綢衣都染為美麗的金色。

沒被挑中的銀杏葉都有些沮喪，但也與有榮焉。

畢竟，姑娘今天選的可是它們的顏色呢！

少女在池畔轉了幾圈，笑聲脆如銀鈴，金色的衣衫飛舞，連最美的蝴蝶都忍不住讚嘆，心悅臣服的認輸。

「好不好看？」她問。

銀杏葉無風自動，拚命點頭，葉片摩擦著，聽來近似人言。

好看。

好看。

好看好看好看好看好看好看——

銀杏葉喧嘩著，爭相說出心聲，整棵銀杏粲然如火。

她笑得更開心，淺金色的薄霧飄盪。茶花也不甘寂寞，刻意去沾染銀杏葉，使原本嬌媚的紅豔轉為亮麗的金黃，成了的新品種。

守在四周伺候的灰衣丫鬟們，等待姑娘舞得盡興，其中一個的身後卻被猛地一撞，手中端的茶盤摔落，灑了一地茶水，連薄透的茶具也打破了。

「唉啊！」

灰衣丫鬟驚叫，硬眉硬眼的五官懊惱的扭曲起來。

接著，又一個丫鬟被撞倒。

「唉啊！」

這次撒落的是香酥酥的餅。

再一個丫鬟倒地。

「這人是怎麼回事？」

「是啊！」

「撞得我好疼。」

「唉唷，我的腰啊！」

唉啊！

唉啊！

唉啊！

灰衣丫鬟無一倖免，怒瞪著還在亂走亂撞的劉永。

「你是沒長眼啊？」

「是啊，竟膽敢在木府亂闖亂撞！」

「要是撞著姑娘，你有幾條命可以賠？」

被交相指責的劉永，慚愧得面紅耳赤，狼狽的頻頻道歉：

「對不起、對不起，我真的不是故意的。」

他胡亂鞠躬，猛揉雙眼。

「你是朝哪裡說話的？」

灰衣丫鬟很是不滿。

「是啊，撞的是我們，卻對柱子道歉，有沒有誠意啊？」

「我、我的眼睛壞了。」

劉永俊朗的臉龐流露出絕望：

「已經一個多月了，我的眼睛只能看見男人，卻看不見女人，只能聽見她們的聲音。」

他困擾得心煩意亂，得罪不少熟客，出門還處處撞著。不論是三歲小女娃，還是八十歲的老婆婆，他全都看不見，撞倒撞傷不少人。

有次，他甚至撞著剛下轎的新娘，惹來眾人責罵。他落荒而逃，耳裡還能聽見新娘的哭聲，愧疚得幾天幾夜都睡不好。

今日要不是有個中年男人來找，要他帶著胭脂，還領著他進木府，他根本不敢出門。

聞此騷動，銀杏樹下的姑娘停止了舞動，也朝劉永看去。庭院裡的樹與花都安靜下來，忍著興奮不敢再動。她的小腦袋微微歪著，烏黑的大眼眨了眨。

「是左手香要他入府的？」

她問向中年男人。

「是。」

「為什麼？」

一個纖瘦女人緩步走來，肌膚白中透著青，長髮墨綠。她原本全盲，直到不久前才得到一雙眼睛，從此能看得清清楚楚。

「因為他販售的胭脂。」

左手香接話，雖然有了雙眼，但神色仍清冷如昔。

中年男人不需吩咐，取了劉永的胭脂，交到她的手中。兩人的默契好得不需言語。

「妳會抹胭脂？」

姑娘問著，好奇更濃。

「這胭脂很特別。」

左手香刻意避重就輕，掀開已被中年男人體貼的先扭開的盒蓋，遞到姑娘面前。潤豔的紅色膏子，散發淡淡的香氣。

姑娘伸手挑了一些，在指尖揉開，還低頭聞了聞，清麗的臉兒浮現若有所思的模樣：「這味道我從來不曾聞過。」

「以往，硯城裡販售的胭脂，都是以石榴提煉。」

左手香淡淡說著：

「而這人所販售的胭脂，卻是以紅藍花製作。」

沾著紅膏的小手，輕輕打了個響指。

潤香的紅膏，瞬間化為最初的原形，橘紅色的花朵在姑娘指尖綻放。她仔細的瞧著，花朵羞得垂下，不敢迎視。

這種花，從未出現在硯城。

「你是從哪裡買來這些胭脂的？」她問道。

劉永抬起頭來，誠惶誠恐的往發聲處望去。

難以置信的事發生了，他竟能看見沐浴在淡淡金光中的年輕女子！

雖然從未見過，但不知怎地，他立刻知曉這就是姑娘。

他喜極而泣，不斷抹去眼淚，注視身穿金衣，紅唇彎彎，嘴角漾著十六歲少女的笑意，讓每一朵花都黯然失色的女子，不敢眨一下眼，就怕連她都會消失不見。

「這是我未婚妻所製作的。」他畢恭畢敬，照實回答。

「她是硯城裡的人？」

劉永搖頭，將事情細說從頭，每字每句都是實話，沒有任何隱瞞。

他不敢說謊，唇舌自動吐出的字句，每個字、每個音都準確清晰，不敢玷汙她的聽覺，打從心裡覺得那是不可饒恕的罪。

說完之後，他仰望姑娘，才發現自己不知何時已經跪下了。

「那麼，我得見見你未婚妻。」

姑娘說道，金色的衣袖在空中揮舞，散出柔和的金光，無聲召喚。

劉永急忙說：「我這就回去帶她來。」

「不必了，你留下。」

一張紙從建築中竄出，繞著姑娘飛旋，紙張伸展膨脹，四角捲起，落地的時候已經是人形，但不論是衣裳或五官，都是一片空白。

「信妖，去把這個人的未婚妻帶來。」姑娘吩咐。

「遵命，我這就去辦。」

無衣無臉的紙人湊到劉永面前，身上起了漣漪似的縐折，縐折堆疊的地方，出現衣裳跟五官的形狀，從模糊很快變得清楚，最後顏色從胸口處迸開，流竄到指尖與髮梢，模樣跟他完全相同，真假難分。

跪著的劉永，嘴巴張得大大的，目送另一個自己轉身離開庭院，大步走了出去。

⁂

木府的大廳裡，茶香渺渺。

領著絨兒到達後，假扮成劉永的信妖呼的一聲消了氣，變回一張紙，滑到姑娘的腳邊，討好的化做一朵朵紙花，散落在她的衣衫旁。

絨兒臉色乍白，驚覺不對，瞧見真正的丈夫跪在地上，連忙想拉起他，儘速離開這兒。

「我們走。」

她很是焦急，充滿防備。

劉永輕聲安撫：

「別擔心，快快跪下，姑娘是木府的主人，也是硯城的主人，沒有她辦不到的事。」

他握住未婚妻的手，熱切的說著，沒有察覺她肌膚冰冷。

絨兒還要說話，主位卻傳來悅耳的語音，清脆好聽：

「他的眼睛出了問題，或許我能幫上忙。」

劉永點頭如擣蒜。

「是的，這些日子以來，除了絨兒之外，別的女人我都瞧不見。直到今天，才發現也能看見姑娘。」

絨兒的臉色愈來愈白，之後轉為枯黃，原本烏黑的髮，變成灰蓬蓬的浮絮，從肩頭大量滾落。

「你看得見她？」

她的聲音顫抖。

「是啊，我的眼睛有救了。」

驀地，絨兒發出一聲慘痛的啜泣，撲上前抱住未婚夫，用身體遮擋他的臉，阻擋他的視線。

「不行！」

她傷心欲絕的哭喊，不肯讓他再看：

「你只能看著我！只能看我！你明明答應過我的。」

連她的身體，也漸漸化為芒花，逐漸由實體變得半透明，無法徹底遮擋。

「絨兒？」

劉永大驚失色，連忙伸手去接，卻發現她輕得像羽毛，不是人該有的重量。

「你不要看。」

她苦苦哀求：

「不論是女人、女鬼、女妖，你都不要看。你的眼裡只能只有我一個！」

「好好好。」

他連聲答應，心急如焚的抬頭求救：

「姑娘，求妳救救她。」

薄得只餘一朵芒花的手，企圖蓋住他的眼，卻徒勞無功。

她能讓他看不見女人、看不見女鬼、看不見女妖。但是，姑娘不是女人、不是女鬼，更不是女妖。

嫩軟的指尖輕輕一招，芒花就飄過大廳，心甘情願的落入小手中，還因為極度的榮幸，不斷瑟瑟顫抖。

「妳從哪裡來的？」

姑娘問道，隨意把玩芒花，再稍稍握緊手心，絨兒身上散落的芒花就變得紮實了些，不再持續滾落。

硯城之中，不該有她不知的花、不知的人、不知的鬼或妖，甚至是魔。

絨兒起初強忍著吐實的衝動，不願意開口，但姑娘手心放開，芒花掉落得更厲害，她驚駭又恐懼，只得哀嘆坦白：

「我隨風從北方來。」

姑娘偏著頭，揉握著芒花，絨兒的身體一會兒薄透，一會兒紮實，虛虛實實，盡在她掌控間。

「他的眼睛又是怎麼回事？」

輕柔的語音，沒有半分責備。

絨兒卻覺得天彷彿塌了下來，壓得她的身子平貼在地，跟紙張一樣薄得沒有厚度。

劉永慌得手足無措，想要撐起未婚妻，又怕傷了她，只能焦急得團團轉。

「我把芒花跟頭髮燒成灰，混在茶裡讓他喝下。」

她痛哭失聲，無法再隱藏秘密：

「生前，我的情人見異思遷，把我害死於芒花中，所以我怕，好怕好怕，怕他見了比我更美的，也會棄我而去。」

芒，音同盲。

她付出那麼多，對他噓寒問暖、為他製作胭脂、為他打點生活上的一切，把情愛點滴不剩的給了他。

但，她還是擔憂、還是怕。

淚水滾滾而出，從薄透的臉上浮出，一顆顆濕潤劉永的手。

「現在，你知道我是鬼，不是人了。」

她萬念俱灰，芒花枯黃：

「我不會糾纏你，只要不再喝我泡的茶，你的雙眼就能恢復。」

「不！」

他聲嘶力竭，沒有懼怕，胡亂抓握散落的芒花，貼補她薄得能見石磚的身子：

「我不要妳離開！」

劉永淚流滿面，抬頭懇切的望著坐在主位上，以手撐著小巧下顎，紅唇似笑非笑，靜靜聆聽一切，眨眼觀望的姑娘。

「求求您——」

紅唇彎起，嬌小的身子微微往前傾。

「你不在乎她是個女鬼？」她問。

他答得斬釘截鐵：

「不在乎！」

姑娘水眸輕眨，再問：

「即使她留下後，你這輩子都得半瞎，也不在乎嗎？」

劉永沒有遲疑。

「不在乎。」

他信誓旦旦，情真意切：

「為了她，我願意這樣，一輩子都這樣。」

站立在一旁的左手香，雙眼迸出亮光，緩慢的抬起手來。那雙手白裡透紅，掌心軟嫩，十指纖長，指尖是淡淡的粉紅色，比櫻花的色澤更美。

「讓他拿一部分身體來交換未婚妻。」

她的指尖碰觸到劉永，摸著他的頭、他的肩、他的胸膛，恣意挑選。

她就是為了取得這健康男人的一部分，才讓中年男人領他前來。

然而，當她的手正要滑入黝黑平滑的肌膚之下、進入胸膛掏取溫暖的五臟六腑，逐一拿出審視時，姑娘開口了。

「不。」

脆脆的聲音，帶著甜甜的一絲稚氣：

「他的未婚妻替我帶來寶貴的消息，我會讓他們如願，作為一個謝禮。」

聽到索求無望，左手香抬起了眼，盯著姑娘，姑娘回望著她，嘴角掛著淡淡的笑。半晌，左手香轉過身，一聲不吭，頭也不回的拂袖而去，只餘下一絲飄渺的藥香。

姑娘握住手中的芒花，湊到嘴邊，吹了一口氣。

所有的芒花都滾向絨兒，愈積愈厚，也愈積愈紮實，讓她恢復厚度，曲線曼妙起伏。而姑娘吹的那口氣，讓她有了溫度，身軀不再僵硬，能夠靈活的移動，雙手緊抱住劉永。

「你們回去好好過日子吧！」

姑娘鬆開手，撒出那朵芒花。

淡黃色的芒花飄過大廳，落在絨兒頭上時，變成一張繡著喜字的頭巾，襯得她的淚容不再哀淒，反而還帶著喜氣。

兩人雙手緊握，千恩萬謝的離去，回家歡歡喜喜的準備婚事。

當眾人離去，灰衣丫鬟才又進來更換微涼的茶水、倒去軟浮的茶葉，在瓷杯中注入溫度適中、熱卻不燙的新茶。

姑娘端起瓷杯，慢條斯理的啜了一口，再將瓷杯擱在桌上，用指尖沿著杯緣打轉，繞了一圈又一圈。

如同瓷杯有邊緣，硯城城內外自成天地，四周有結界圍繞，只有人類能自由進出，非人者不能擅闖，也不能離開。

先前，公子因為魔化，加上對結界的熟悉，才能回到硯城，非但要索討夫人，更要報復，她費了一番功夫，才與雷剛聯手將其逼退。

是因為公子無意衝撞？

或是公子刻意所為？

如今芒鬼能來，顯示結界未破，但已有裂縫，不論是敵是友的非人，只要尋見裂縫，想必將會陸續進入硯城。

她又啜了一口茶，望向大廳外很遠很遠的地方，感受秋季微風。

這次，來的是癡情的女鬼。

那麼下次呢？

下一個進入硯城的，會是什麼？

❀

事後，劉永跟絨兒為了表示感謝，送來幾十箱的胭脂。

這麼多的胭脂，都堆在大廳裡頭，別說是擦抹在臉上了，甚至足以把一季的芒花都染成喜氣洋洋的豔紅。

卸貨的人才剛走，灰衣丫鬟們還未來得及將胭脂收起，便見騎著棗紅色大馬，膚色黝黑的雷剛興匆匆的來到木府。他還沒踏進大廳，遠遠望見姑娘的身影，就扯著嗓子喊：

「快來瞧瞧我給妳買了什麼。」

他大步快走，跨過門檻，一手舉著胭脂盒子，雙眼閃爍著得意的光芒。

「這可是我等了許久，好不容易才——」他張著嘴，沒再繼續說。

他手裡只有一盒，而姑娘身後，可是堆得像小山般高呢！

雖然她輕揮衣袖，轉眼滿屋的胭脂都消失，還嬌笑的朝他走來，但他早已看得一清二楚。

剎那之間，他有些懊惱，只覺尷尬。

雷剛收手，笑容不再，把胭脂盒子藏到身後。

「你為我買了什麼？」

她走入他懷裡，仰望的小臉充滿期待。

「沒什麼。」他硬聲回答。

要不是確信自己眼力過人，他肯定會被她無辜的模樣騙了。

明明擁有如山多的胭脂，姑娘卻偏要來討，不依不饒，嬌小的身子貼上雷剛的胸膛，小手順著他的手臂繞到他的後腰，困得他無法動彈。

她找到被他握在掌心裡的胭脂盒子，小心翼翼的拿出來，捧在掌心之間，露出真正開心的笑，令硯城裡所有的花都開了。

「你為我買了胭脂。」

她驚喜的輕喊，轉開上蓋，用指尖抹了一些，沾在軟嫩的唇上，更添鮮妍麗色。

瞧她視若珍寶的神情，雷剛僵硬的身軀很快軟化，心情也變好了。

「我只抹這盒胭脂。」

她柔柔的說，貼在他懷裡：

「好不好？」

映著她嬌顏的黑眸深深。他張嘴啞聲吐出一個字：

「好。」

她笑得更加燦爛，在雷剛懷中又說了一句：

「而且，只抹給你看，好嗎？」

心上人說的情話，最是動聽。

原本僵硬的嘴角軟化、微揚，他露出滿足的笑容，覺得胸口也滿滿的，粗壯的鐵臂將她圈抱得更緊，再也不去在乎那些堆積如山的胭脂。

靠在她耳邊，他吐息用那只讓她聽見的音量，悄聲再應一個字：

「好。」

參

丟臉

何清是硯城裡最俊美的男人。

他面如冠玉、身材修長，是何興錢莊的少東，對家傳主業沒半點興趣，也不愛與文人歌詠風月，更不愛與粗人來往，看見衣衫有汗漬的人，大老遠就會避開。

同樣的，他也受不了自個兒的衣衫有半點的汗痕。就算是滴了一滴茶漬，他也會坐立不安，要隨從奉上乾淨衣衫，立刻更換才行，否則就寧可儘速回家，不願意待在外頭。

為了維持美貌，他沐浴時用的，是冬季從梅花上掃下的雪。

雪融化後，封在罐子裡頭，足足夠一年用。

他還從鬼市裡，買來一個藥方。

需要春季白牡丹花蕊十二兩、夏天白荷花蕊十二兩、秋天的白芙蓉蕊十二兩，冬天的白梅花蕊十二兩。將這四樣花蕊於次年春分曬乾。

又要雨水時雨水十二錢、白露時露水十二錢、霜降時霜十二錢，以及小雪時雪十二錢。

把這四樣水調勻，再加十二錢蜂蜜、十二錢白糖，做成龍眼般大小的丸子，日日都吃，就能保持俊美。

知道劉家有賣胭脂，他也砸下重金，買了不少回來。

他不把胭脂抹在頰上，而是勾畫在眼角，俊美得讓人心跳。在家裡時，他會在銅鏡前端詳老半天；出門之後，只要遇到水池，他就會停下腳步，迷戀的欣賞著自己。

女人們貪愛他的美貌，總守在何家門前，只要他一出門，就追在後頭，搶著摘取他拂過的花葉、挖取他踏過的石磚、掬取他照映過的池水。

也有待字閨中的少女，懇求爹娘去探問，期望能結為連理。

何清卻是理也不理，只顧對鏡描胭脂。除了維持美貌、尋找更美的方式外，他對其他事情一點興趣都沒有。

陳嬌是硯城裡最豔麗的女人。

她的容顏嬌俏可人，皮膚又白又嫩，幾乎可以掐出水來。安生藥鋪的陳掌櫃老來得女，疼愛得如珠如寶，從來不曾拂逆她的心意。

不只是陳掌櫃，只要見了她的男人，全都心甘情願，乖乖被她使喚。

她只吃當天採的青菜，還是最嫩的部分，竹筍就切筍尖那一丁點兒，用現搾的油炒一盤。豬肉只吃豬後頸那兒的，一頭只有兩片，一片六兩的肉，那處肉較白嫩，軟中帶著些微的脆，不膩不澀。

吃得講究，喝的當然也不馬虎。

城外一株櫻花樹下，有清澈的湧泉，冰涼潤口。陳掌櫃天天派人去挑水，自己連一口都捨不得喝，都讓女兒飲用。

為了讓女兒歡欣，陳掌櫃找出家傳藥方。

這藥工序太煩雜，前幾代只在木府主人大婚時，才會費盡心思的調製，當作賀禮恭敬送上，差不多五十年才需做一次。

但女兒愛美，到了他這一代，做得最勤，也不嫌辛苦，反倒甘之如飴。

藥方成分包括白丁香、白僵蠶、白牽牛、白細辛、白蓮蕊、白芷、白附子、白茯苓以及甘松各一兩，荊芥、獨活、羌活、檀香及防風各五錢，珍珠二分，研成細粉，再加上綠豆粉一兩。

每日用來洗臉以及沐浴，讓陳嬌的肌膚白嫩無瑕。

她自恃美貌，從來不擦粉。硯城裡的女人、女鬼、女妖，都爭相搶購劉家胭脂，她卻不屑一顧，嫌棄胭脂水粉會影響她素淨的容顏。

男人們對她愛慕已久，從她尚未及笄，登門求親者就絡繹不絕，幾乎要踏平門檻。求親者都自願入贅，但陳嬌開出的條件卻嚴苛得過分。

男人來求親，她說，必須取得木府裡，姑娘用的銅鏡。因為有了那面銅鏡，就能青春不老。

男鬼來求親，她說，只有騎著棗紅大馬、皮膚黝黑的馬隊頭子才配得上她。她嘴上不敢說，但心裡覺得連姑娘也比不上她美貌。

男妖來求親，她說，就連城北水潭裡的黑龍，她都看不上眼，其他的小妖小怪想要娶她，更是妄想。

不論人、鬼、妖都被拒絕，卻還是不肯死心，守候在她身旁，期望哪天她會回心轉意。

這天午後，硯城裡最俊美的男人跟最豔麗的女人，在四方街的廣場上狹路相逢。

何清頭綁紅巾，懷裡揣著彈弓，騎馬剛從城外打獵回來，才走到四方街上，聽聞此事的女人們，有的扔下繡到一半的手絹、有的拋下飢餓的丈夫、有的乾脆背起嬰兒，全擠到廣場上來。

她們人擠著人，形成一道人牆，把何清包圍在中央，不肯讓他離開，大聲讚譽他的俊美。

這邊正在喧鬧，那邊也傳來聲響。

陳嬌搭著涼轎，轎上還撐著素雅的傘，不讓陽光曬傷，穿著牡丹團花透紗衣裙，襯著一身如新剝荔枝、白腴水嫩的肌膚。

男人們簇擁在涼轎旁，亦步亦趨的為她開路，忙著勸走路人、移開馬匹等等動物，倘若有棟房子阻礙在涼轎前頭，他們也會衝上去把整棟房子都拆了，讓她能暢行無阻。

就這麼巧，兩方人馬遇上了。

四方街廣場大得很，卻沒有一方願意讓步。

何清故意策馬前行。

陳嬌的涼轎往前，恰好就堵了他道。

兩人的美貌讓旁觀者大飽眼福，都忘了替自個兒的擁護者說話，只顧張大雙眼，努力記住這賞心悅目的畫面。

同住在硯城裡，對彼此的美名都聽得耳裡長繭，覺得很是不耐煩。男的瞧不起女的，女的看不上男的，都覺得自己才是硯城第一絕色，每次相遇，總少不了一番針鋒相對。

「讓開。」

何清一甩頭巾，俊帥的姿勢，讓幾個女人喘息著昏倒。

陳嬌睨著他：

「為什麼不是你讓？」

她撩著頭髮，嬌豔的模樣，讓幾個男人陶醉得願意為她而死。

「天氣熱，我趕著回家換衣裳。」

他將手裡折扇抖開，隨意搧了搧。

「是嗎？」

她掩住小嘴：

「我還以為你忙著去劉家搶胭脂呢！」

「就算是，又跟妳有什麼關係？」

「唉啊，也沒什麼，只不過聽說你胭脂用得兇，成了劉家最大的主顧，每日洗臉的水都染得紅膩膩的。」她刻意諷刺。

何清揚眉，眼角的胭脂更顯紅豔。

「我是注重儀態，知道該要增添光彩。哪像某個女人，日日素著臉，捨不得在胭脂水粉上花銀兩。」

陳嬌慢悠悠的嘆了一聲，裝作好心好意的提點：

「告訴你，我這天生麗質才是真正的美。」

「美？」

何清聽得發笑：

「妳敢說自個兒美？真是損了這個字。」

陳嬌臉色一沉，嫩唇半噘：

「你眼睛被胭脂糊了嗎？竟看不出我的花容月貌！」

何清沒有馬上回話。

有人扛著打磨得光亮、圓如滿月的虎音鑼走過四方街，他望著光可鑑人的鑼面，注視上頭的倒影，目迎目送，直到看不見為止。

末了，才如夢初醒般，把頭轉回來。

「啊，妳剛剛說了什麼？」

他摸了摸臉，得意又沉醉：

「我看見最美的容顏，總會失魂落魄，不好意思冷落了妳。」

「哼，自吹自擂。」她冷哼。

「妳嫉妒了。」

「我何必嫉妒一個抹了胭脂才敢出門的男人？」

「就算不抹胭脂，我的美貌也遠勝於妳。」

「說得好聽，還不如真的來比一比。」

陳嬌下了戰書。

何清自信滿滿，聽見要比，自然求之不得。

「只要妳不怕輸就好。」

「輸的肯定是你。」陳嬌很肯定。

「話別說得太早。」

何清環顧四周，確信如此一來又會多出幾個愛慕者。

「三日之後，咱們原地見，讓大夥兒評比到底是誰美。」

「沒問題。」她一口答應。

「輸了可別哭。」

「哭的肯定是你。」

兩人訂下日期後，如對陣的將軍，領著各自的擁護者，彼此錯身而過，都沒有回頭多看對方一眼。

何清返家後，並沒有積極準備。

他認定絕對會贏，所以照吃照睡，每日以雪水沐浴後，更換衣裳就睡了，夢裡都聽得見女人們愛慕的呼喊聲，令他連睡著時的嘴角也上揚著。

約期那日清晨，他還在半夢半醒間，臥榻的角落，一個陰影從虛慢慢轉實，灰黑灰黑的，看不清輪廓。

何清朦朧睜眼，看見那團灰黑陰影正趴伏在枕邊，靜靜窺看。

「你是硯城裡最美的人嗎？」

灰黑的粉末摩擦，發出雖不清晰，但勉強可以辨認的聲音，聲音裡頭有著濃濃羨慕。

「當然。」何清想也不想，以為是夢，翻身又再睡。

灰黑的陰影靠得更近。

「我想和你一樣。」

嘶啞羨慕的聲音近在耳畔。他不耐的在耳旁揮了揮手，像驅趕蚊蟲般，並哼聲道：

「不可能，別妄想了。」

「我要像你一樣。」

羨慕轉為渴望，灰黑的粉末凝聚為兩隻手，珍惜的輕撫俊臉：

「把臉給我。」

撫過之處，都留下髒汙的痕跡。

何清轉過臉正要怒斥，張開的口卻被灰黑粉末灌入，塞得他無法言語，只能咿唔嗚的乾澀呻吟，全身也動彈不得。

「美。」

那聲音讚嘆：

「真美。」

以往，讚美總能讓他心花怒放，如今他卻驚駭至極。但就算恐懼時，他還是俊美非凡。

灰黑雙手摸索著，來到何清髮際處，長出尖銳指尖，沿著髮際到下顎，再從下顎回到髮際，畫了一圈，傷口比刀割還平整。

鮮血很快湧出，伴隨強烈疼痛，但灰黑的舌探來，舔走血液，也舔去痛覺，讓他麻痺，任憑對方為所欲為。

髒汙的雙手很仔細的，像是掀著薄薄的潤餅皮，一吋吋的剝下俊臉，從額頭掀到雙眼處，掏挖掉眼睛，先含在嘴裡，再用指尖摳下鼻子。

嘴唇處的皮膚最薄，所以灰黑的陰影格外仔細，不再用手，而改用舌頭，慢慢的、慢慢的舔下，舌尖鑽入皮與肉之間挪移，比吻更親密，舔去好看的唇形、紅潤的唇色，口水從舌上滴答流淌。

吻得愈深，臉皮就被剝下愈多。當濕答答的舌收回時，何清的臉已經整片被剝走。

灰黑的陰影在晨光中欣喜的展開臉皮，像是敷紙窗般貼在凝聚的粉末上，用指尖撫平，黏得服服貼貼，並把眼珠拿出來放妥，就頂著何清的臉，歡喜的跳躍了一會兒，然後冉冉消失，連聲謝都沒說。

直到麻痺感消失，何清才掙扎起身，焦急的找尋銅鏡。

映在銅鏡上的，不再是俊美倒影。

他的五官都消失不見，臉部只剩一層蒼白的皮膚，光滑得像是剝掉殼的水煮蛋。

他悲痛大哭，聲音就像隔著一道牆，從平滑的臉部透出，一顆顆淚水從毛孔滲出，起初是用流的，隨著哭聲漸大，改而噴迸而出。

「我的臉！我的臉！把我的臉還來！」

他把銅鏡丟在地上，用力踩踏，一邊嚎哭著。

聲音驚動家人，連鄰居也來探望，一看之下都大驚失色。

何清一口咬定，那灰黑的粉霧該是受了陳嬌的指使，因為怕輸去競賽，才會派出迷戀她的鬼或妖，偷去他的臉去討好她。

他跑到陳家門前，先是咒罵指責，到後來轉為苦苦哀求。陳嬌理都沒有理，徹底否認跟這件事有關。

直到第二天清晨，他才放棄糾纏。

因為陳嬌的臉也被剝了。

硯城裡最俊美的男人跟最豔麗的女人，都丟了臉。

他們不能吃，倒是可以喝，家人把米粒煮成漿，苦勸他們喝下。但因為太過傷心，就算喝了再營養的湯水，仍因為日夜哭泣，很快憔悴下去，甚至把自己關在房裡，任何人都不肯見。

陳掌櫃憂愁不已，實在沒辦法了，便準備去木府懇求。孰料家門前竟有貴客光臨。

姑娘來了。

關得嚴嚴實實的藥鋪大門，不需她敲叩，也不需她呼喚，就在她面前乖馴的無聲敞開，繪在門上的圖案顏料急急融化，遊走到地板上，每一色都染滿一塊磚，在繡鞋踏足過後，因過於幸福而蒸發。

雷剛伴隨在她身旁，如大樹護衛嬌嫩的花。

「打擾了。」

脆嫩的嗓音將憂愁驅逐殆盡，連房裡的陳嬌也不哭了，顧不得披頭散髮，匆匆開門來迎接，一張蛋臉垂得低低的。

「我出來走走，聽見妳的哭聲。」

她往後一坐，陽光中飛舞的塵埃就聚成舒適的座椅，托住輕盈的嬌軀。

藥材鑽出藥櫃，纏繞成小小的人形，忙著取杯端水，送上清冽的泉水，對雷剛也不敢怠慢。

陳嬌細說從頭，原本傷心欲絕，現在說起來，卻覺得像是在說別人的事。

嫩軟的小手捧著瓷杯，並沒有沾唇，倒是雷剛一飲而盡，她便把自己的份也給他，讓他抒解乾渴。

「既然喝了妳家的水，我就幫妳把臉找回來。」

姑娘彎起嘴角，微笑說著，因為有雷剛相伴，心情特別的好。

她走進臥房，指尖緩慢伸起。

即便被褥都清洗過，看來潔淨無汙，但那些藏在布料裡、地板角落、窗框縫隙裡，所有灰黑之影經過之處，都浮現烏黑的粉末。

粉末飄浮在空中，懸凝著。

嫩白的指尖再一捻，粉末就聚集成黑線，從床鋪筆直朝窗外延伸。

姑娘微微一笑，在雷剛的牽握下，跟著黑線走了出去。

出了藥鋪，雷剛抱起姑娘，共乘棗紅色的大馬，沿著黑線追蹤，穿過大街、繞過小巷，憑藉他對硯城內外各處全都瞭若指掌，黑線始終在可見之處，沒有一次遺漏蹤跡。

出了硯城，黑線就鑽入山林，潛入濃蔭遮天的參天古木之間，最後落在一池綠黝黝的沼澤旁。

只見一個黑撲撲的石像對著池面，欣喜的顧盼。

它是數百年前被放置在山林之中，為迷途之人引路的雕像，灰黑的粉末，是它因為古老而風化散落的石屑。它老得連面目都模糊，不知已經在樹林深處度過多少歲月。

它把何清的臉皮貼在幾乎平坦無痕的石面上，就變成何清的模樣，望著池面倒影，陶醉的說著：

「我好美。」

欣賞一會兒後，它換上陳嬌的臉皮，變成陳嬌的模樣。

「我好美。」

它反覆更替兩張臉皮，沉溺在喜悅中。

雷剛扯住韁繩，先下馬之後，才抱著姑娘，讓她安穩落地。

聽到背後有聲響，它轉過身來，看見在陰暗森林中，素白綢衣泛出光亮的少女。

它用陳嬌的臉露出詫異，還有一些些驚喜。

「又見面了。」

它蹦跳過來，炫耀的轉動臉部。

「看，我有臉了，還是硯城裡最美的兩張臉。」

它十分驕傲：

「我是不是很美？是不是很美？」

「那並不屬於你，該要還回去。」姑娘說。

它震驚的後退幾步，連連搖頭。

「為什麼要說這種話？」

動得太激烈，臉皮半脫，只剩上半部黏著，晃蕩晃蕩的隨時都會掉下來。

「是因為我回答不出問題嗎？」

姑娘不言不語，只是看著它。

臉皮掉下來，它匆忙接住，摸索何清的臉要貼上，卻因為氣憤而黏貼不平，弄出許多皺紋，俊美青年變得像半百老翁。

「謝謝你喚醒我，但你問的問題，我真不曉得答案。」

它懊惱的抱怨，雙眼瞪著姑娘，忽而又露出困惑的神情：

「等等，是你嗎？」

「你認錯人了。」

她語氣平靜，眨了眨眼，雙眸靈動：

「交出那兩張臉皮。然後，我也有問題要問你。」

「不！」

石像放聲大喊，何清的臉啪地掉下。

「我要有臉，還是最美的臉。」

「不論是人或非人，都只能有一張臉。」

姑娘耐心的解釋：

「你要取別人的臉，就要得到對方同意，用同等代價去交換。」

「不要……不要……不要……」

石像逐漸崩解，從大塊碎成小塊，小塊再相互碰撞，碎得更小、再小、微小、細小，直到化為灰黑的粉末，急速旋轉著。

「我什麼都沒有——」

粉末摩擦，變化成各種形狀，有時是猛獸、有時是鬼怪、有時是巨大人形，最後化為一張模糊的臉，威脅的嘶啞咆哮：

「把妳的臉也給我！」

巨臉張大嘴，就要吞下姑娘。

驀地，大刀揚起，雷剛健壯的身軀在她周圍以刀畫出一個圓。刀光擴散開來，如細密銀絲包圍兩人，形成立體的圓，再一波波輻射而出，撕裂巨臉的舌、嘴及一切，把粉末劈得更細。

嘩吵！

粉末全數落地，無力凝聚，嘶吼轉為嗚噎。

「嗚嗚嗚，不公平、不公平，每個人都有臉，就只有我沒有……我要臉、我要臉……」

刀光散去後，姑娘走過來，站在粉末的中央。

「只要你回答我的問題，我能夠給你一張臉。」

她提出誘人的條件，為了證實誠意，繡鞋在地上畫出人形。

粉末受到力量牽引，朝人形滾動，愈聚愈多、愈疊愈實，過了一會兒，終於恢復成石像，匍匐在她腳邊。

到這時石像才發覺，這個人擁有比喚醒它的那人更強大的能力，令它不由自主的臣服，彷彿違逆她，它就會粉碎得更徹底，只要風兒一吹，就會魂飛魄散。

「喚醒你的，是怎樣的人？」

當她問起時，它誠惶誠恐的回答：

「跟妳一樣美麗，但散發著微微腥臭，撫摸我的時候，手上有濃稠的液體。」

腥臭的味道雖然薄弱，但至今仍縈繞不去。

「他問了什麼？」

它回答時，也複製那人的聲音。

夫人在哪裡？

果然，是公子。

「你怎麼回答？」姑娘問。

「我不知道。」

它很誠實，不敢欺瞞，還自動補充：

「我太羨慕他，所以才會到城裡取臉來貼補自己。」

說著說著，它又哭了起來。

姑娘斂起長長的衣裙，難得蹲下身，從繡鞋上抽取出黑色，沾在指尖上，為石像畫出五官。

知道它貪美，她特意把眼睫描深。再改換豔豔的山茶紅，抹在嘴唇的部位，退後看了看後，又問：

「想要氣色好些嗎？」

「要要要。」它興奮的顫抖，將雙手交握。

於是，她沾了先前在陳家，貪戀依附的粉紅色，在石像兩頰各自抹了一個圓，才大功告成。

「好了。」她宣布，笑靨如花。

它呆呆的看著，記憶因太久遠，已經模糊難辨。

「我是不是見過妳？」

它不太確定，愈想愈糊塗。但那笑容太絢麗，即使是數百年前的一眼，至今雖然模糊，卻沒有消失。

「有嗎？」

姑娘笑著反問，在雷剛的攙扶下輕盈站起身，指著沼澤說：

「你瞧瞧，喜不喜歡我給你的臉？」

它臨水照面，瞬間忘了剛剛問了什麼，欣喜得直顫抖，覺得這張臉比先前取來的那兩張更好看。因為看得癡了，它愛上水中的倒影，開始對倒影說綿綿情話，誓言永遠不會離開。

姑娘收起沼澤旁的兩張臉皮，乘坐上棗紅色大馬，回程時都依偎在雷剛懷裡。

「我能保護自己。」

她仰望著他，輕聲說著。

「我知道。」

雷剛垂眼凝望著她，大手握住她的手。

她可以清楚看見他眼中的情意，小手不自禁撫上粗糙寬厚的掌，眷戀的遊走。

「公子開始四處探問，想知道夫人的下落。他會喚醒更多非人在硯城內外作亂。」

她躺在他懷裡，彷彿那是最舒適的地方。

「我會保護妳。」

簡單的一句話，就是他的誓言。

她嫣然一笑。

「我知道。」

棗紅色大馬奔出山林，往硯城、往木府歸去。

之後，姑娘吩咐信妖，把兩張臉拿去歸還。

信妖還是還了，卻還錯了人。把何清的臉，貼在陳嬌臉上；把陳嬌的臉，貼在何清臉上。

被貼錯臉的兩人急忙趕去想交換回來。但是一見到對方，他們就被彼此的美貌震懾而相戀，不出一月便成了親，每日濃情蜜愛的膩在一起。

「娘子，妳好美。」

何清捧著妻子的臉，深深讚嘆。

陳嬌搖頭：

「不不不，夫君，你才美。」

他強調：

「妳美。」

可她不依：

「你美。」

推推讓讓半天後，兩人總會臉貼著臉，相互依偎，滿足的嘆息：

「我們最美。」

硯城裡從此不再有比美的紛爭。

肆

火不思

幽靜的夜裡，硯城裡的人與非人都睡了。

曲折小徑昏昏暗暗，幾盞夜燈未熄，微弱的火光讓一戶戶門窗隱約可辨。

一個白衣少年走到這兒，倚靠磚牆，找了個舒適的位子坐下。他撩起白衫下擺，斜跨一隻腿，襪是白的、鞋是黑的。

他的手裡拿著形制特別的樂器。

那樂器形如琵琶，直頸、圓腹，四軸、四弦、音箱蒙著蟒蛇的皮，弦也以皮製，琴頭鑲嵌螺鈿梅花，音箱上方嵌骨花與螺鈿花紋，背面有精美紋飾，是在硯城裡從未見過的。

少年拿出骨質的撥子，在弦上輕輕劃過，測試音準。

清脆的音符蕩漾在夜色中，悅耳而不顯突兀。

人與非人睡得更深，只有火焰熠熠生揮，燭火迫不及待的竄高，攀附在門窗後；

埋在爐灰裡的火種不甘心，把蒼白的爐灰舔遍，染得遍地火熱，靠在門下小小的縫隙瞧著。

被注視的少年神態平靜、動作從容，指按細長的頸弦，撥子下滑，奏起一首輕柔的樂曲，吸引火光們靠近。

美妙的音符，只有火聽得見。

每一個撥弄，它們就如最炙熱的部分，被柔柔的撫摸；每一個按弦，它們就激動得漲大、舞動，陶醉得近乎癲狂。

當一曲彈完，不論是燭火還是爐火，都滾出門窗，一心只想親近少年。

奔得最急的火苗，親吻少年的白衣。白衣沒有因此著火，而是變得光亮了些；追隨到來的火光，醉心的蜂擁上前，最後少年的白衣潤亮如十五的皎潔月色，在伸手不見五指的暗夜裡，更顯耀眼。

他收起樂器，抖了抖白衣，慢條斯理的起身走向另一處。

那晚，少年經過的地方，火光都失去了蹤影。

城北的水潭裡，黑龍靜臥安眠。

軟嫩的水草鋪在池底，讓他能睡得舒適，豔紅的鯉魚在不驚擾他的情況下，啣來一口又一口的水草，教他臥眠之處，都有厚厚的水草做底，不會碰疼他包裹在層層藥布下的傷口。

驀地，黑龍雙眼一睜，水起波瀾。

悠游的魚蝦螃蟹、大龜小鯢，全都一溜煙躲到石縫裡，或是軟泥中，就怕出了什麼危險，或者被脾氣暴躁的黑龍波及。總之無論如何，先躲就是了。

水族們逃的逃、躲的躲，唯獨紅鯉魚不躲也不藏，仍守在黑龍身旁。

水潭波面出現一個少女，她衣衫素雅，飄著月季的甜香，繡鞋滑入淨水中，漸漸連衣裳、頭頸都沉浸在清澈的水中，沒有激起一絲漣漪。

甜甜的香味順著她的髮梢、她的衣衫飄散，使得水裡也有香氣。水流沒有擾亂她的髮、她的衣裳，她在水中的模樣，跟陸地上相同。

少女看來年約十六，卻不是十六歲。

就如她看似天真無邪，實則並非如此。

她漂浮在水中，足尖沒有觸及軟泥，清麗的臉兒望定黑龍。

「黑龍。」她叫喚著。

他連哼都沒有哼一聲，直接轉開頭，當作沒看見。

少女繞到另一旁。

「黑龍。」她又喚。

他再轉頭，咕噥一聲，水泡噗嚕嚕的冒起。

少女竟就等在那兒，嘴角眼裡笑意盈盈，不氣也不惱，把他的逃避當作遊戲，故意還湊近一些。

黑龍雙眸一瞇，又轉頭。

另一邊也有少女等著，一模一樣，連聲音也相同，困得他左轉右轉都不是。

「黑龍。」

兩個少女異口同聲。

他硬生生把怒火吞進腹中，火是沒了，七竅卻直冒黑煙。

「妳來做什麼？」

「咦，你不歡迎我嗎？」

她合而為一，露出訝異的神情，小手摀著胸口，有些受傷的說：

「平時都是我召喚你到木府，今兒個我想體貼些，特地到這裡來，你怎麼不領情呢？」

「那我還真要謝謝妳。」

他的諷刺，把潭水都染得酸酸的。

「不客氣。」

她滿意了，笑得很甜。

「請問姑娘您大駕光臨，是為了什麼事？」

黑龍瞇起眼睛。

她眨了眨眼，輕悠悠的一嘆。那聲嘆，讓嫩綠的水草瞬間都枯黃，原本躲藏的水族都急匆匆上前，趕忙獻上安慰。

「姑娘，好端端怎麼嘆氣呢？」

「是啊是啊，是誰惹惱了您？」

「您快說出來，讓黑龍去逮惹妳不順心的傢伙。」

出一張嘴容易，難事還是要交給別人去辦，才稱得上明哲保身。

一旁的黑龍瞇起眼，瞧見那些平日畢恭畢敬，忙著奉承他的水族，才一轉眼的功夫，就忙著殷勤的侍奉姑娘去了，完全不把他放在眼裡。

該死！

屬於他的水潭也被這個女人輕易闖入，而她還一臉無辜。

水族圍著姑娘又哄又勸，密密麻麻擠成一圈。雖說同是硯城的居民，但牠們久居水潭，要見到木府的主人、硯城的主人，可不是容易的事呢！

唯有豔紅的鯉魚，始終守在他身旁，不離不棄。

姑娘雙眸看來，故意先瞧瞧他，才又望了望紅鯉魚。

「見紅。」

姑娘喚著：

「別老是守著他不放，妳也過來陪陪我。」

她眼裡有著作弄的笑意。

紅鯉魚翻身輕轉，化為年輕女子，衣裳豔紅中帶著金色，飄盪在身後有數尺長。

見紅福了福身，態度恭敬，卻沒有過去。

「您身邊太擠，實在不缺我一個。」

她輕描淡寫的說，仍停在原處。

「是了，黑龍身邊空空蕩蕩，妳才會一直陪著他，對吧？」

姑娘露出恍然大悟的神情：

「妳真善良，就連他被封印的百年，妳也同情他的無用，總是伴著孤伶伶的他。」

瘡疤被揭，黑龍眼角微微抽搐，沒等見紅回答，逕自粗聲低咆：

「少廢話！」

他瞪得眼都紅了。

「說出妳的來意。」

姑娘笑得很無辜，根本不像是剛用言語，輕描淡寫的戳痛別人滿身傷。

「喔，是這樣的，我起來到現在還沒喝上一口熱茶，更別說是任何熱食。」

是可忍，孰不可忍？

黑龍怒火衝腦，即便在水中也七竅噴火，烤得背對他的螃蟹、蝦子，都燙得一身紅，慘叫著直喊好熱好熱，潛進冰涼的軟泥中冷卻。

「妳要我去幫妳泡茶煮飯？」

他不可思議的大叫。

姑娘搖頭。

「當然不是。」

她花容失色，像是聽見最可怕的提議，小手輕搖，把他的話隨著水流撥開：

「你泡的茶、煮的吃食，怎麼可能入得了口？」

雖然不必下廚，他卻高興不起來，心裡憋著滿滿怒火，覺得被這個女人看得更扁了。

「木府裡頭不是多得是人可以伺候妳嗎？」

每次去木府，就能看到灰衣人忙進忙出，又是端茶、又是送膳食，把她服侍得舒舒服服。

「我來找你，就是為了這件事。」

她兜兜繞繞，到這會兒才說到正事上，彷彿一點兒也不著急：

「我剪的灰衣人，昨天夜裡全被火燒得一乾二淨，府裡到處都是灰燼。」

沒人喚她起床梳洗，她睡得特別遲，起床後更沒丫鬟幫忙梳洗更衣，讓她什麼事都要自個兒動手，不方便極了。

「貓頭鷹日夜顛倒慣了，撐著白晝不睡，告訴我，昨夜木府裡的火全像聽見召喚似的，一致往門外跳去，灰衣人想去攔，就逐一被燒成灰。」

說完這些，睏到不行的貓頭鷹就砰的一聲，倒地昏睡過去。

「是公子所為嗎？」

黑龍猜測，濃眉緊擰。

他對前一任責任者沒半點好感。縱然封印已解，當初釘住他的七根銀簪已碎，但只要想到公子帶著笑容，無情的深深踩踏，他仍會覺得一陣痛。

當然，這並不是說他對這任的責任者抱持有多大好感。

他只是受制於她，不得不忍受而已。

「就算不是他親手執行，應該也跟他脫不了關係。」

她歪著頭，紅唇彎彎，小手愉悅的一拍：

「所以，這件事就交給你處理。」

相較於姑娘的理所當然，黑龍的濃眉跟長鬚亂扭，打了一個又一個歪七扭八的結，一個比一個複雜難解。

「為什麼是我？」他質問。

清麗的臉上露出些許同情，紅唇一字一字慢慢吐出，像是在教導無知的孩童。

「因為，水能剋火。」

她湊過來，聲音不大不小，剛好讓水族們都聽見：

「你該不會不知道這點吧？」

黑龍瞪著她，在腦子裡幻想著，能用千千萬萬種方式，讓她死上無數遍。

「再者，我是找事情給你做，讓你能有機會再拿回一片鱗。你可別辜負我一番好意啊！」她笑得很開心。

「記著，要留活口，帶到木府裡來。」她囑咐著。

提起恨事，他險些把牙咬斷。

因為得罪姑娘，他堂堂龍神竟被刮去全身鱗片，被她恣意使喚，完成一件事情才能換回一片鱗。如此下去，不知何年何月何日他才能換回所有鱗片，不用再纏著這些凝事的藥布？

「啊，對了。」

姑娘像是突然想起，又像是刻意籌謀：

「別說我又讓你孤伶伶，怪可憐的，這次你記得把見紅帶上。」

說完，飄盪在白嫩頸間的一絲髮，被某股力量猛地一抽，從水中被扯離，如飛箭般破水而去，很快不見蹤影。

姑娘身上的顏色與芬芳迅速淡去，最後只剩蒼白，還突然扁了下去。

捲起的四角舒開，恢復成一張白紙。

嘎啦嘎啦、嘎啦嘎啦！

白紙上浮現五官，幸災樂禍的奸笑，震得水潭波光閃動。

嘎啦嘎啦、嘎啦嘎啦！

「我替姑娘把話帶到了。」

它笑得全身抖動，浸在水潭裡，竟也不濕：

「笨泥鰍，要是真的遇上公子，記得快逃啊，別被煮成泥鰍羹，我可是會想你的喔！」紙上的五官擠眉弄眼，還拋了個飛吻。

嘎啦嘎啦、嘎啦嘎啦！

趕在黑龍氣惱得噴火前，信妖緊捲如針，也隨著髮絲離去的方向，用最快的速度離去。

硯城裡的火逐一消失了。

天氣還暖，不需要火爐取暖，但是沒了火，爐子不開鍋，餐餐吃的都是冷食、喝的是冷茶，實在讓人受不了。

鐵鋪的火沒了，無法打鐵煉鋼。

餅鋪的火沒了，無法烤出香酥的甜餅跟鹹餅，還有又鹹又甜的餅。

酒鋪的火沒了，端不出可口菜餚，變得門可羅雀，從掌櫃、店小二到廚房裡的大廚、二廚、三廚，全都眼巴巴的望著門口，盼著客人上門。

一旦入夜之後，就更麻煩了。

黑夜無火，到處都黑漆漆，迷路的、跌倒的、摔落橋下溝渠的、撞倒家具或被家具撞倒的，還有從臥榻摔下來的人與非人不勝枚舉，有的嚴重到必須送醫，卻在巷子裡亂撞，把傷者又摔了好幾次。

就連鬼魂也來訴苦，說鬼火都不見了。

化為人形的黑龍全身纏著藥布，未被藥布遮掩的臉龐，雙眉剔銳如劍、黑眸深邃，總混雜著濃濃怒氣，看什麼都不順眼，薄唇也緊緊抿著。

聽多了抱怨，他愈來愈厭煩，擰著眉頭，雙手扠腰，頭也不回的吩咐：

「去拿個燈台過來。」

「是。」

見紅不敢怠慢，跟一戶人家借了燈台，就快快趕回來，豔麗的薄紗伴隨長髮搖曳，襯得她的姿態更好看。

取來燈台後，黑龍深吸一口氣，在指尖輕吐，一簇火苗驀地出現，照亮眾人驚喜的神色。

火苗挪移到燈台上，人們紛紛聚攏。

「龍火不會滅，誰都可以來取火。」

他冷聲宣布，不理會眾人的千恩萬謝，自顧自的大步走開。

欣喜的人們輪流取火，再彼此傳遞，原本暗黑的民宅窗上漸漸亮起令人安心的光亮。

「大人聖明，願意出借龍火，問題就已經解決大半。」

見紅跟在一旁，眉目低垂，只在他沒有發現時飛快的覷了一眼，粉臉微微嫣紅。能跟他並肩而行，已是她莫大的榮幸。

黑龍卻冷哼一聲：

「這些都在那女人的盤算之中，所以她才會派我來處理這件事情。」

他心知肚明，就算是能離開硯城，也未必能逃得出姑娘的掌握。

姑娘看似天真無邪，實則機深詭譎，非但能與魔化的公子為敵，甚至更勝一籌。

他久居硯城，跟前兩任責任者都交過手，而她的能力遠比前兩任更強大，卻還控制了他、收伏了信妖，留在身邊使喚。

原本黑龍以為姑娘是貪懶。

直到公子出現，他才知道她是早有準備。

想著想著，他倏地停步，黑眸瞇起。

「大人？」見紅困惑的問。

「有聲音。」

那聲音很小，有如最初的一朵梅花落地，卻逃不過他敏銳的耳。一聲連著一聲，有時快、有時慢，是一首輕快的樂曲。

當樂曲響起時，被點在燭台上、火爐裡，那些殘餘的火苗，包括黑龍借出的不滅龍火，都蹦跳離位，不顧人們的追逐，逕自長了腳，啪嗒啪嗒的跑得飛快。

黑龍與見紅隨著火焰照亮的路徑飛身趕去時，火焰已經開始聚集在四方街廣場，圍繞在一個白衣少年身旁。

一圈圈的火苗將廣場照得很明亮，連地上的五色彩石都清晰可辨。

少年彈奏著樂器，火苗隨著樂音擺動。當他彈出高音，火苗就猛然竄高；當他彈出低音，火苗就微弱到將近熄滅。

隨著流洩的樂曲，火苗癡迷的舞動，追隨在少年身後，化為小小人形，整整齊齊的排了長長一列，隨著少年左搖右晃，一會兒踢腳、一會兒搖頭晃腦，亮黃色的臉龐都是同一個表情，恍惚而陶醉。

黑龍臨空落下，阻擋在少年前方，阻止對方前進。

「你要把這些火帶去哪裡？」他劈頭直問，半點都不客氣

對於增加他麻煩的傢伙，不需要客氣。

再者，他向來對誰都不客氣。

少年不驚不怕，露出淺淺微笑，停了手裡的撥子，身後的火苗們乖乖停下，原

地踏步，燒得地上的五色彩石都黑了。

「當然是帶它們去照路。」

他的神情跟語調多了濃濃的敬重，直言不諱：

「是公子吩咐我這麼做的。有了火苗引路，就能找到夫人。」

黑龍額角一抽，原本以為需要好好逼問，才能問出幕後主使，沒想到少年連氣都沒喘，一口氣全說了，害得他連拷問的樂趣都泡湯。

「我不能讓你把火帶走。」

既然對方坦白，他也大剌剌的說了。

少年用手托腮，百思不解的神情，嬌媚得有三分像女子。

「為什麼？」

他問，湊近英俊的黑龍，雙眸慵懶的眨了眨，帶著些許挑逗：

「你身為龍神，大可袖手旁觀，何必為人類奔走？」

「不關你的事！」黑龍恨恨的瞪眼。

少年並不畏懼。

「是為了向姑娘換回鱗片？」

他把尾音拖得長長的，挑了挑眉：

「還是，你愛上她了？」

黑龍氣得眼前一黑。

「胡說八道！」

刺眼的閃電隨咆哮聲落下，在地上擊出一個大洞。

少年露出微笑，很是讚許。

「不是就好。」

他笑得很溫柔，近乎誘惑：

「公子說，那個女人是愛不得的，被她愛上就只有死路一條，只是早晚的問題。」

「她愛的是別人。」黑龍沒好氣的說。

「很好，我也不希望她來玷汙你。」

少年伸出手來，撫上黑龍的臉：

「因為，我很喜歡你。」

他吻上了他。

黑龍全身僵硬，只覺得體內某種東西急速的被吸吮而去。他惱怒不已的正要摔開少年，一旁的見紅已展開攻勢。

滋啦！

豔紅帶金的薄紗中戳出銳利堅硬的魚刺，根根穿透少年，將其牢牢釘在地上，濃稠的黑色液體從傷處流出。

「放肆！」

她咬牙，皮膚跟頭髮都變成紅色，髮絲無風自動，有如正在熊熊燃燒的火焰。

受傷的少年沒有發出哀嚎，更沒有出聲求饒，反倒咯咯笑著，對見紅的怒火中燒覺得很是有趣。

「嫉妒的滋味如何？妳很愛他吧？」

他把她深藏的秘密隨口就說了出來，還輕蔑的睨著她，故意挑釁：

「我有他的吻，妳有什麼？」

豔紅色的髮絲朝少年射去，根根沒入，在他身體裡鑽探，抽出再刺入、刺入再抽出，髮絲的前端都染上濃稠的黑液。

「我不只有他的吻。」

少年猖狂的笑，火光映得他雙眼發亮，還有不懷好意的神色。他聲音低了下來，神秘兮兮的說：

「我還吞了他的龍火。」

突然之間，少年張開嘴，吐出一道火炬，將見紅的髮絲燒斷。

要不是黑龍抓住她，在緊要關頭迅速將她拉到身後，只怕她的衣衫與身軀都會被龍火燒成灰燼。

少年輕易起身，嬌媚的順了順髮絲，環顧龍火燒過的地方，滿意的發現石地都融化凹陷，留下深深的溝痕。

「啊，不滅的龍火，果然厲害。」

因為吞噬龍火，他的衣裳散發著日光般的光芒，耀眼得讓人不敢逼視。

黑龍用力抹過唇，卻抹不去少年嘴唇的觸感，更無法抹去少年從他口中竊去龍火的事實。

少年把樂器拋下，愉快的旋轉著，踩滅一朵又一朵的火花，半點都不憐惜，癡迷的火花被踩熄大半，剩餘的還痴痴不動。

「全硯城的火，都不及龍火來得可貴。」

他吐出龍火，燒出一個個坑洞，開心得手舞足蹈：

「我的成果，比公子吩咐的更好。」

見紅的薄紗響動，恨不得衝出去撕爛少年的笑容。

黑龍卻大手一擋，不許她輕舉妄動。

「你控制不了龍火。」

他沉聲說道，語氣裡、眉宇間都不帶怒氣：

「你大膽褻瀆了我，將受盡痛苦的死去。」

他的聲音裡有著前所未有的冰冷。

少年踮著腳尖跳舞，不當一回事的挑眉，揮手指著融化的坑洞，四方街廣場幾乎沒有平地，即使有也岌岌可危，都要掉落進坑洞裡。

「瞧，我控制得多好。」

他停下腳步，黑鞋踩踏餘燼走來，眨了眨雙眼，欣賞著黑龍的健碩俊美：

「告訴我，你要怎麼讓我痛苦？」

他充滿期待。

黑龍冷眼不答。

少年等不及，繞著他走了一圈又一圈，大膽提議：

「你別再聽姑娘的話，我會為你求公子，取回你的鱗片。從此之後，你有鱗片可以護身，我為你吐火驅敵，我們可以永遠在一起。」

「不可能。」薄唇吐出三個字。

「為什麼不可能？」

少年很是受傷，視線望向黑龍身後的見紅：

「是因為她嗎？她配不上你。」

「這跟你沒關係。」

「你太頑固了！一定是氣我吞了龍火。」

少年的面目漸漸變得猙獰：

「主人在等著我，別再顧著那女人，跟我一起走。」

他伸出手來，卻久等不到回應。

「我不走。」

黑龍淡漠回答：

「你也不能走。」

「笑話，我要走要留，難道你說了算？」

少年不可一世，因擁有龍火而自認無敵，態度高傲。

「不只是你的去留，就連你的生死，都是我說了算。」

黑龍沒有半點懼色，好整以暇的回答，不將少年的狂妄看在眼中。

「看來我該給你一些警告，磨去你的銳氣。」

全身光亮的少年深吸一口氣，炙熱無比的龍火在他口中聚集，連空氣都被燃盡，火焰朝黑龍噴來——

「不！」

女子的吶喊在火焰中響起。

想到黑龍無鱗，藥布之下傷痕累累，若是被龍火灼身，勢必劇痛難忍，還會留下難以治癒的傷。

情勢太過緊急，她只想著絕對不能讓黑龍痛、絕對不能讓黑龍傷，來不及想到自己會痛、自己會傷。

即使她有時間思考，她還是會做出同樣的事。

見紅竄到黑龍身前，豔紅薄紗鋪開如網，護住他的身軀，讓自己暴露在龍火之下，被高溫烤炙。

薄紗瞬間就融化，她轉過頭去，即使緊閉雙眼，仍看得見耀眼的光芒，灼熱得刺眼，使眼睛都快要融化。她一側的髮燒盡，肩上先是覺得極燙，然後就沒感覺了。

她不知自己還能剩下多少。

刺耳的龍嘯，讓硯城劇烈震動。

黑龍轉身護住受傷的見紅，單手化為龍爪，掐住少年的頸項，龍火不再噴出，咳出嘴的只剩幾縷煙絲。

少年脆弱的頸項被掐握得粉碎，身軀在半空中扭動，雙眼吃力的轉動，難以置信的看著他，從容與高傲都蕩然無存，甚至無法呼吸。

吐不出空氣，他的腹部愈來愈亮、愈來愈熱，燙得內臟都融化，痛楚得難以言喻。

他張開嘴，頸項間的龍爪又緊了一緊。

熱！

好熱！

他無聲慘叫，火焰從體內燒出，烤熟他的每根骨、每寸膚、每根髮。他的雙眼噗的破裂，眼窩裡的液體沸騰，很快就乾涸。

直到這時，他沸騰的腦子才閃過黑龍先前的話語。

你控制不了龍火。

因為，他不是龍。

龍火屬於龍，也只有龍能操控自如。

難怪黑龍始終不慌不忙，直到那女人受傷，才會——

少年的思緒到這兒就斷了。他已渾身焦黑，龍火滲出每個毛孔，回歸到黑龍腹中，曾經光亮的他在烈焰中燃燒，落地時現出原形，隱約看得出是個塌扁的燈籠。

黑龍抱著受傷的見紅，速度極快，急急奔向木府。

雕花木椅上，姑娘就著夜明珠的光亮，握著銳利的銀剪，一刀一刀剪著灰紙。

黑龍還沒落地，話已經說出口。

「救她！」

「她傷得不重。」

姑娘只看了一眼，又低頭繼續剪紙：

「只要抹些左手香調製的藥膏，過幾日就會好了。」

「藥呢？」他追問。

「活口呢？」姑娘反問。

黑龍微微一怔。

見紅受傷時，他的理智被怒火燒得一乾二淨，壓根兒忘了要留活口。不過即使重來一次，他也不想留活口，反而會讓對方死得更痛苦、更悽慘。

被抱著的見紅掙扎要下地。被黑龍抱在懷中，是她作夢都想不到的事，她被燒過的髮落在他身上，汙了他的衣衫，讓她覺得罪該萬死。

「姑娘，這完全是我的錯。」

她開口就覺得喉間刺痛，卻還是要求情：

「是我礙事，龍神大人為了救我，才會誤殺對方。」

「對方是什麼東西？」

黑龍搶在她之前開口：

「燈籠。」

他很不耐煩，卻知道愈是焦急，姑娘就會拖延更久。

「是公子的燈籠，彈奏樂器，引火為了要照路，找到夫人的所在地。」

「嗯。」

她應了一聲，脆聲叫喚：

「信妖。」

「來了！」

諂媚的信妖匍匐到姑娘腳邊，鼓出雙手替姑娘搥腿。

「有什麼吩咐？」

「去四方街那兒把樂器帶回來。」

「是！」

信妖疾如箭矢，眨眼消失無蹤。再一眨眼，信妖已經回來，手裡捧著少年彈奏的樂器，恭恭敬敬的雙手奉上。

姑娘拿起樂器，輕輕喔了一聲。

「這樂器名為火不思，難怪那燈籠能拐走全城的火。」

她的指尖劃過弦，堅硬緊繃的弦一根根繃斷，沒有發出聲音。沒了弦，就不能再作怪。

潤亮的雙眸望向等候已久的黑龍。見紅已經自個兒站著，雖然搖搖晃晃，卻不敢再倚靠黑龍。她盡量用殘餘的髮絲遮住受傷部位，不願讓他看見醜陋的傷口。

「黑龍，這件事你辦得不周全，所以鱗片不能給你。」

姑娘笑著說，不去碰桌上的墨玉。

他瞇起雙眸，身體略略一僵，難得沒有抗議。

「算了，妳把她治好就是了。」

黑龍轉身，甩袖就往外走，跨出大廳之前還補上一句：

「告訴她，以後不要多管閒事！」

說完，他已踏入夜色中。

見紅趕忙想追上，卻因為受傷，每走一步都艱難萬分。

「別急，先過來讓我治療傷口。」姑娘說著。

她不肯領情。

「不用了。」

「那麼，妳也拿藥膏回去，擦個幾日就行，不會留下任何傷痕。」

不留疤痕的誘惑讓見紅遲疑，忍不住轉頭望去。她先看到姑娘手裡的白玉藥盒，但想到姑娘對黑龍的無禮，她硬是狠下心來。

「我不需要。」她傲然說道。

姑娘的手再張開一些，露出藥盒，還有藥盒底下，躺在柔嫩掌心上的東西。

那是一片鱗。

黑龍的鱗。

「妳確定？」姑娘笑問。

見紅可以拒絕藥膏，卻無法拒絕為黑龍取回鱗片的急切。她抬起頭來，不解的看看姑娘，又看看龍鱗，不知所措的看來看去，眼中流露渴望。

「我說不給他，但沒說不給妳。」

溫柔的聲音如溫熱的蜜，流淌入耳，教人無法拒絕，連疼痛都被撫去。被燒死的舊皮裂開，露出底下完好的肌膚。

她收下藥膏，還有珍貴的龍鱗，立刻就要走，身後卻傳來叫喚。

「見紅。」

她不由自主的回頭。

姑娘坐在那兒，嘴角笑意柔柔：

「好好守著他。」

見紅的臉兒浮現嫩嫩的嬌紅，不知該怎麼回應，最後只能福了福身，捧著龍鱗飛快的離去。

伍

鬼畫符

有個人名為鄭堆，在四方街廣場一角開了個攤子，備著一套桌椅，桌上擺著豔豔的硃砂、文昌筆、暗黃色的紙，以占卜兇吉、畫符去邪為業。

鄭家三代做的都是這一行，因為符咒靈驗、百試百靈，硯城裡不知何時開始只剩鄭家這攤子，沒人再從事此業。

到了鄭堆這代，更是出類拔萃，人與非人都敬佩。

誰家的小娃兒，夜裡時常啼哭，怎麼哄都哄不停，家人愁白了髮，個個都跟著憔悴下去。

有天經過四方街廣場，經過鄭堆的攤子時被喚住，見他當場以筆沾硃砂，在黃紙上撇畫曲折，似字非字、似圖非圖，不收半分銀兩，只吩咐回家後，貼在床鋪底下。

那人起初半信半疑，但不花費銀兩，加上鄭堆聲名遠播，抱著姑且一試的心態，取一些剛炊好的米，揉得有黏性後，依言貼在床鋪下。

當晚，小娃兒出生後，首度睡得安安穩穩，一聲啼都沒有。倒是隔壁剛搬來數月的婦人病了，整夜呻吟，雖然擾人清夢，但也令人同情。

接連幾夜的狀況都是如此，婦人病得愈來愈厲害。

鄰里街坊很熱心，輪流去探病，還做了滋補的藥材。一進婦人的屋裡，只見原本敞亮的窗都用被子塞起來，屋裡昏昏暗暗，婦人蓬頭垢面，整個人骨瘦如柴，像是餓了很久很久；勸她進食，她也只喝了一兩口湯，就說喝不下，倒頭又回床上哀嘆呻吟。

以往，婦人最愛逗弄小娃兒，偶爾會抱回家玩，或者睡個午覺，相處得很是親暱。為了勸慰婦人，讓她能有好胃口，小娃兒的娘煮了一鍋雞湯，抱著白嫩嫩、軟胖胖的小娃兒過去。

才剛踏進鄰家，原先病懨懨的婦人聽見小娃兒的聲音，就能坐起來，雙眼閃著光亮，瘦得皮包骨的雙手將小娃兒抱過去，當寶貝似的摟在懷裡。

小娃兒的娘轉身想盛一碗雞湯，但蓋子才剛打開，就聽到孩子尖利的哭叫，像是被大大的咬掉一口似的。

回頭看去，只見婦人伸出又紅又長的舌，像舔著糖人似的，滋味無窮的舔著小娃兒的臉，每舔一下就發出滋潤的口水聲。小娃兒大哭大叫，扭動著胖身子要逃，卻被抱得牢牢的，根本動彈不得。

小娃兒的娘大驚失色，衝上去搶了孩子，轉身就跑。

「給我！」

身後吼聲大作，伴隨濃濃腥風。

護子心切的少婦強撐著沒被腥風吹倒，更忍著沒吐出來，急忙奔回家裡，還聽得見腳步聲，急忙把門關上，抱著小娃兒躲到床上，蓋著被子直發抖。

砰！

大門被踹開，婦人目眥盡裂，眼角流出血，大大的舌頭在空氣中收縮擺盪，代替了嗅覺，且更加靈敏，踏著大步直直往床鋪走去。

少婦嚇得直抖，只覺得腥味愈來愈濃，眼下丈夫不在，又無處可逃，恐懼得不知如何是好。

披頭散髮的婦人終於來到床邊，嗤嗤嗤的笑著，口水像泉水般湧出，走過的地都濕黏黏的。她用舌頭掀開被子甩開，大得占去臉一半的眼睛直盯著小娃兒瞧。

說也奇怪，小娃兒回到家後就止了哭啼，這會兒坐在床上，非但沒有哭，還坐得好好的，噘嘴直盯著對方瞧，一副氣鼓鼓的模樣，比娘親勇敢得多。

婦人的血盆大口裡滿是尖牙，餓得舌頭直顫，枯槁的雙手伸向床鋪——

滋！

豔紅的火焰如初生的芽，燒灼惡意的雙手，還延著手腕攀爬，所經之處都留下深深烙痕，腐肉烤焦的味道教人聞著就想吐。

婦人大聲慘叫，恨恨的盤桓在床邊，蹲低身子在床下搜尋，看見那張符咒。

起初婦人咬著牙，露出不情願的神情，轉身往外走了幾步。

但還沒走到門口，那張醜惡的臉又轉過來，貪圖小娃兒的陽氣，徹底豁出去，整個人撲身向床。

火焰竄燒，豔若紅蓮，密密麻麻、分不清是字或是圖的紅痕，很快爬滿婦人全身，烙痕愈燒愈深、愈燒愈大，像繩索般纏勒得愈來愈緊，直到最後婦人連慘叫都發不出來，被勒得灰飛煙滅。

紅繩落地之後，就化為硃砂粉末。

少婦等到丈夫回家，才把驚險的事情說了。丈夫彎腰去看床下，發現只剩一張黃紙，符咒都不見了。

⁂

這類的事情，說大不大，說小也不小。

硯城裡，人與非人各自營生，偶爾出現不安分的事情，雖沒大到必須去木府求姑娘，卻又鬧得不得安寧。口耳相傳之下，鄭堆之名不脛而走。

不論是人或非人，見到他都禮遇三分，畢竟誰都不知道何時會需要他的符咒相助，先打好關係總不吃虧。

只要他出現，人人迎面都是笑臉，一個喊得比一個大聲。

「鄭大師好！」

「大師，吃過早飯了嗎？」

「大師，謝謝您的符，我墳上的祭品再沒人偷吃了。」

「大師啊，請摸摸我孫兒，讓他沾沾您的福。」

攤子擺好後，有來求符咒的、有來問卦的，也有受幫助的人心懷感恩，特地送來鮮蔬水果臘肉乾等等。從開攤到收攤，人潮始終絡繹不絕。

來求符咒的事件五花八門，諸如婆媳不和、兄弟鬩牆、鄰里相爭到新宅安居、惡鬼侵人、惡人欺鬼，只要他拿筆沾硃砂，在黃紙上揮毫，一符就能息事寧人、消災解厄。

年月久了，鄭堆的攤子成了四方街廣場的一景，來硯城裡買賣的商賈也對他印象深刻，離去時紛紛買符咒，保佑一路安全到家，不會遇到什麼小妖小魔、小鬼小人來找麻煩。

某一日，鄭堆卻沒出現，攤子也沒擺上。

人們心裡納悶，鄰近商家偶爾也探頭，察看鄭堆來了沒有，但一整天過去，來求符咒的人失望而歸，送禮的人拎著禮物又回去了。

如此持續了三日，才有消息傳出，原來鄭堆吃雞肉時被骨頭噎著，一時喘不過氣來，就此送了命。

大夥兒都去奠祭。棺木用的是上好木材，喪禮辦得風風光光，墓地選在一座小山坡上，望出去景致不錯。鄰近幾座墓裡的鬼，都承諾會好好關照新鄰居。

事情本該就此落幕。

但是，七七四十九天後，鄭堆竟又出現，在原地擺起攤子，同樣的桌椅，桌上硃砂、筆、黃紙，一樣不少。

倒是鄭堆的影子不見了。

他不再是人，而是個鬼。

墳裡清靜過頭，他實在不習慣。鄰居們雖都是好鬼，善意跟他親近，但他還是想念擺攤時的熱鬧，加上沒有兒子繼承，惦記著老顧客，在棺木裡輾轉難眠，左翻右翻、正睡俯睡，最後還是決定再出來擺攤。

硯城裡本就是人與非人共處，是人還是鬼，眾人也不多計較，照樣老遠見著鄭堆就打招呼。

累積四十九天沒開攤，事情可不少，客人絡繹不絕，排著長長的隊伍，就為求得一張符咒，每個拿到手的都小心翼翼，用嘴把硃砂吹乾，視若珍寶的捧回家去。

人潮來來去去，鄭堆忙了好幾日，才送走最後一個急切客人。他忙歸忙，但做了好事，心滿意足的收攤，在夜晚才開的酒館裡喝了點酒、吃了幾盤小菜，還不忘給鄰居們捎幾樣吃食回去。

但是，過了一陣子，來求符咒的人漸漸少了，不再有人來送禮，也不跟他打招呼，甚至瞧見他就會低頭避開。

鄭家三代擺攤，從來不曾如此冷清過，就連鄭堆主動叫喚，對方也不停下腳步，反而加快腳步，甚至跑得飛快，像被火燒著屁股似的。

就在他盼得望眼欲穿時，終於有人找上攤子來了。

鄭堆笑臉相迎，觀看來人氣色，卻見一臉怒氣沖沖，胖胖的腮幫子直抖，雙眼瞪得老大，眼珠子都快滾出來了。

「你這個老傢伙！」

來人怒叫，雙手一掃，桌面就被抹淨，硃砂亂撒、黃紙亂飛，筆還摔斷了。

「人人都說你符咒靈驗，怎麼我拿回去偏偏就出事？」

鄭堆臉色乍變，簡直不可思議。

「不可能，我畫的符咒從未出錯過。」

「可在老子家裡偏偏就出了錯。」

那人怒聲咆哮，抓住鄭堆的衣襟，把他提得腳尖碰不著地。

他勉強擠出笑，從未遇過這種事，應付起來格外不俐落。

「先請問您是哪位？」

「我是城東養豬的，人人都喊我劉胖。」

他人胖臉鬆，氣憤時說話口沫橫飛：

「我家幾頭母豬接連死胎，鄰居建議來跟你買了張六畜興旺。」

提起來，他就更氣惱。

「那麼，是出了什麼錯？」

如此簡單的符咒，鄭堆六歲時就會了。

「你還敢問？」

劉胖氣得滿臉通紅，如似滷得恰到好處的豬頭肉：

「那張該死的符咒沒讓母豬生下一頭豬崽，卻讓我老婆生了。」

他的手愈抓愈緊。

「恭喜恭喜。」

鄭堆嘴裡道賀，心裡狐疑。怪了，這不是一件好事？

劉胖聲如洪鐘，吼得鄰近的人都覺得耳朵發麻。

「恭喜個頭！她一口氣生了八個，要我怎麼養？」

他也盼著添丁，但可沒想過一次就添了八個！

「母豬不生，兒子卻有一堆，難道我要把兒子當豬崽賣嗎？」

「您該不是把符咒貼錯地方了吧？」鄭堆被抓在空中，微微懸盪著。

「你當我是笨蛋，以為我蠢到把那張符貼床頭嗎？」

胖臉更扭曲，揪著他用力左甩右晃：

「告訴你，我可是貼在豬舍門上的！」

「這——這——」

「這什麼這？你是故意整我吧？」

「絕對沒有。肯定是哪裡誤會了，我再畫一張符咒，您拿回去——」

話還沒說完，他就被搖晃得上下排的牙喀啦喀啦直撞。

「誰還敢要你的符啊？生都生下來了，有什麼符能讓我那些兒子都縮回老婆的肚子裡？」

想到家裡那八張嗷嗷待哺的小臉，他這個當爹的不但驕傲不起來，雙腿還微微打顫。

鄭堆一時想不到辦法，也無法回話，眼看就要被搖晃得骨骼全散。

好在有個中年婦人趕來，跑得氣喘吁吁，稍稍緩過氣來後，張嘴就對劉胖一頓大罵：

「你犯懶的這傢伙不待在家裡，把兒子們都丟給我女兒，她才一個人啊，怎麼有能耐照顧八個孩子？」

中年婦人忿忿不平的直罵：

「我好好一個閨女，嫁你都算委屈，非但沒享到福，還忙得沒日沒夜，連好好吃頓飯都不能。」

面對岳母，劉胖氣焰全消，連忙放開鄭堆，雙肩緊縮，脖子都短了，唯唯諾諾的直點頭，小聲的想解釋：

「娘，我不是偷懶，而是來討公道的。」

「討什麼公道？」

婦人直罵：

「八個娃兒全都一個樣，跟你像到我都想哭，你來這裡怪罪別人，難道是懷疑我女兒不守婦道？」

「沒有沒有，絕對沒有。」

劉胖直抓頸背，抓得那兒都快破皮出血了。

「那還不趕緊回去？」

「是、是——」

劉胖被岳母驅趕著，臨走前還懷恨瞪了倒在桌邊的鄭堆一眼，才小聲嘟囔著，快步奔跑回家。

驚魂未定的鄭堆，身上沾了硃砂。他生前從沒遇過這種場面，死後也是頭一回，抖了老半天後，才慢慢撿回斷筆，一張張拾起黃紙，沒心情再擺攤，早早就墓地去了。

歇了幾日，他思來想去，不知翻轉幾次，把棺內襯的布帛都磨薄了，還是想不清是哪裡出了差錯。

他從出生開始就被爹親教導，未識字，先學符，還頗有資質，爹親人前人後總是誇獎，說他青出於藍、更勝於藍。

靠著多年累積下來的自信，他去買了硃砂，挑了一隻好筆，準備妥當後，還換了棺木裡最好的衣裳，才去開攤做生意。

誰知還沒走到攤子前，就看見一群人等在那兒，氣惱的大聲議論，還有人摩拳擦掌、伸展筋骨，一副預備大打出手的兇狠模樣。

有人眼尖，瞧見鄭堆就大喊起來：

「看，終於來了！」

眾人紛紛轉身，表情一個比一個猙獰。

「你這個老鬼，躲了這些天，終於讓我逮著了。」

第一個揪住他的人長得很瘦長，活像根竹竿，低頭對他罵道：

「說，你怎麼賠我？」

「賠？」

鄭堆一頭霧水：

「賠什麼？」

「哼，裝傻是吧？」

對方咄咄逼人，不肯輕饒：

「我送貨出城之前，跟你買了張出入平安，來回這一趟卻被劫了五次，連馬都喝水噎死了。」

這位客人看得眼熟，他忍不住問：

「您之前不也買過嗎？」

「之前是都靈驗，次次平安，但這趟什麼妖魔鬼怪都來了，吃我的貨、拿我的銀兩、追了我兩個山頭，還拔了我一大綹頭髮。」

他一甩頭，露出左耳畔的頭皮，果然光禿禿的，雖沒再滲血，但也怵目驚心。

一旁也有人喊：

「我買的是鎮宅安寧，卻夜夜有鬼來，把我家當客棧，有時喧嘩大笑、有時鬼叫亂嘯，趕都趕不走，還不時變得青面獠牙，嚇得我家人心驚膽戰，夜夜不得安眠。」

有個少婦抽抽噎噎，滿臉是淚的哭訴：

「我把夫妻和睦的符燒成灰攪拌入水，丈夫喝了卻愛上一棵樹，天天跑去對樹說情話，還把我休了。」

這下子別說是和睦，連夫妻都拆散了。

鄭堆被眾人推來推去，罵得狗血淋頭，冷汗濕透衣裳。

他照舊寫符咒，卻被顧客責罵，惱怒到在攤子前等了幾日，就是要堵到他，痛罵一頓出氣。

「你是不是死後跟妖魔鬼怪聯手，畫的符咒就是給它們報信？特意引來欺負我們這些人？」

「絕對沒有！」鄭堆急忙否認。

「枉費我們對你的信任！」

「是啊。」

「還砸了你爺爺跟你爹的招牌！」

罵聲如雷，轟隆隆的在他頭上響。他不知所措，垂著雙手、抖著身子，聽著人們一聲又一聲的指責。

有個聲音揚高，不是替他辯解，而是急於辯駁，不願被他牽連受罵。

「等等，我就是鬼啊，他的符害得我墳堆被剷平，連子孫都不記得我，沒了冥紙跟煙火，我餓得只能嚼路邊的嫩葉子。」

「我也是。」

又一個鬼不堪被牽連，出聲討公道，唏噓不已的說道：

「買了符咒後，我沒日沒夜的咳嗽，咳得骨灰都噴出骨灰罈，一部分都被風吹沒了。」

眾人一看，果然發現那鬼缺了右腿。

不但有人受害、有鬼受災，連妖物都出言指控：

「用符水沐浴後，沒有讓我更美，反倒害得我全身的毛都脫盡。」

戴著斗笠的狐狸精不敢見人，背後垂落的九條尾巴別說是毛色豐潤，就連半根毛都沒有，不像狐狸尾巴，倒像是老鼠。

眾人、眾鬼、眾妖輪著罵到過癮，直到口水乾了、罵得累了，才悻悻然離開，臨走前還不忘聯手把他的桌椅都砸爛，不讓他再造禍害。

委靡潦倒的鄭堆坐在殘桌破椅間，往日的自信都被罵得一乾二淨。梳得整齊的頭髮被推得亂了，花白的髮一綹綹的落在眼前；最好的衣裳被揪得破了，露出枯槁蒼老、斑斑點點的皮。

愣了好一會兒後，他用顫抖的手握筆沾硃砂，不用黃紙，而是朝著廣場邊的矮牆上，一隻曬著太陽、翻著肚子舒服扭動的狗兒，凌空畫出一道平安符。

頓時，狗兒哀嚎一聲，雙眼翻白、舌頭外吐，像中了無形的箭，當場就斃命。

鄭堆緊緊抱住頭，蜷縮在毀壞的攤子裡，絕望是無底深淵，連他的哀嚎都吸收殆盡，一聲都喊不出來。就連死亡都未曾讓他如此崩潰。

從小到大，他學的就是畫符卜卦，他擅長這件事，也只會這件事。

爹親為這件事誇獎他、鄰里為這件事對他刮目相看、人們對他敬重不已、鬼與妖走過他面前都要畢恭畢敬。他人生的意義都來自這件事帶來的自信，能想起的每段記憶，都跟這件事有關。

除此之外，他什麼都不會，只是一個老頭——

不，是老鬼。一個畫符不靈的鬼。

他倒臥在地上，無聲啜泣，比被遺棄的娃兒更無助。雖然三魂七魄都還在，卻覺得失去一切，連臨死前的痛苦都比不上此時的萬分之一。

那些以前會熱切打招呼、送水送吃食、主動圍靠過來的人們，全都避得遠遠的，任憑他的魂魄被日光曬得淡去，也沒有半個人去理會。

不知是誰把鄭堆的墳也糟蹋了。

鄰近幾座墓的主人聽到傳言後，也不敢再跟他來往。他成了道地的孤魂野鬼，偶爾出來飄盪時，被昔日顧客遇見，還會遭來一頓痛罵。

他躲避人群，只在深夜時分於草原上走動。

明明知道不該，但他還是無法忘記畫符。他對著夜空揮舞著筆，任硃砂灑過他的腳邊，每道符咒練了又練，只留最後一筆，不敢完成。

草原被硃砂染紅，他走過的路徑，道道都紅得像灑落的血。

這樣過了很久。

又似乎沒那麼久。

有天深夜，烏雲遮蔽月光，草原上連風都沒有。

他從躲避處爬出，滿頭花白、衣衫襤褸的拖著腿，漫步在雜草之間，拿出懷中珍藏的筆，從最簡易的符咒寫起——

啊，這是他三歲起就學會的符，爹親高興得買了串糖葫蘆給他，圓胖的山楂沾著厚厚糖衣，裡頭還塞著豆沙餡，咬起來又脆又甜。

硃砂揮灑，符咒一道比一道複雜。

五歲時學會的符。

七歲時學會的符。

十歲時學會的符。

十五歲時學會最複雜的符後，他也在那年出師，代替爹親擺攤，舊客們都來慶賀。他當場替爹親寫下長命百歲的符咒，爹親也在滿百歲過後，含笑逝去。

如今，牽連他與人世的那件事消失，他的魂魄一天比一天薄弱，漸漸化成深夜的淡影，不知何時就要被絕望稀釋到蕩然無存。

凌空的筆抖下硃砂，沒寫成就停手。

「老人家符力不淺啊！」

陌生的聲音從身後傳來，不論是語句或聲音裡都蘊含著他最飢渴的讚譽。

有光芒穿透他的魂魄，從後方亮起，從朦朧漸漸清晰。

他轉過身去，驚愕的看見先前走過的空曠草原上，竟出現一桌兩椅，樣式華麗、雕工精美。一個男人穿著飄逸白袍，悠閒的坐在椅上，吹開碗裡的茶葉，慵懶的啜了一口，才對他露出笑容。

男人長得俊美，笑起來更是能讓花季時綻放得最美、最豔的花為之失色，慚愧得枯萎凋零。

但是，男人的俊美中透著濃濃邪氣。那是鄭堆見過的妖物總和後，也遠遠不及的邪氣，白袍的陰影下，是無盡的晦暗。

「老人家，請過來喝一杯茶。」

他笑著邀請，黑影有如活物般從腳邊四散開來，所經之處草兒都枯死。

鄭堆畏懼著。

可是，他太過寂寞，沒有人對他友好，連看他一眼都不願意，這俊美的男人卻願意對他笑。他像是在沙漠中行走，瀕臨渴死之前，就算知道是最毒的酒，都願意痛快喝下。

鄭堆誠惶誠恐的走上前，見到桌椅潔淨，一時不敢坐下。

「老人家在硯城裡畫符多年，聲名卓著、遠近馳名。」

男人溫聲說著，用讚譽補足他失去的自信。

驀地，昔日的從容湧現，鄭堆精神一振，像是回到最輝煌的盛年。再富麗的門戶、再精美的擺設，他不知看過了多少，每戶主人都對他敬重有加。

瑟縮的腳步變回以往的昂揚大步，連衣衫都恢復整潔。他撩開衣袍，坐上空的那張椅子，端起杯子就口。

茶很濃郁，有著不明的苦味，卻滋潤他的魂魄，深深的潛入其中。

「唉，死了，一切就變了。」

他感慨著：

「符咒不靈，人鬼都嫌，累積三代的名聲都毀在我手裡。」

男人又啜了一口茶，微微淺笑：

「我見您符力仍在，要再畫符該是輕而易舉。」

「真的嗎？」

鄭堆睜大雙眼：

「那我的符咒為什麼道道都沒用？甚至還有反效果，毀了我這些年的成就？」

「人死後成鬼，就是陰陽顛倒。」

男人說得輕鬆，桌上瓷壺飄起，穩穩的在空杯裡注入八分滿，一滴不多、一滴不少。

「只要換樣道具，您的符咒又能如往常一般靈驗。」

「要到哪裡去才能找到那樣東西？」

鄭堆追問著，興奮得雙手直晃，茶杯裡濺出液體，點點滴滴腐蝕桌面，他卻沒看見。

「說來也巧，我這兒就有一塊。」

男人信手從袖中掏出一塊黑色的墨：

「硃砂陽剛，您生時有用，死後卻適得其反，不如以陰黑相助。這是取萬條毒蛇煉製成的，只要改用此墨，您的符咒就能靈驗。」

「你——您——」

鄭堆在不知不覺間已經跪下，仰望著男人，期望得顫抖。

「求求您，不論您開價多少，我都願意跟您買下。」

如果拿復生與黑墨兩樣讓他挑選，他無疑會選擇後者。

「這塊墨不賣。」

男人淺笑著，徐徐傾下身，好言好語的說道：

「我能把墨給您，但是，您要答應為我做一件事——」

不等男人說出條件，鄭堆就狂亂點頭。

他願意做任何事。

四方街廣場一角，空了許久的位子又擺上攤子。

鄭堆彷彿沒事般，如常擺攤開業。

起初當然沒人光顧，鬼跟妖也指指點點，對他不屑一顧。倒是有初來乍到的生意人買了符咒回去，事事順遂、件件靈驗，感恩的回來道謝。

這樣的人愈來愈多，原先猜想是鄭堆自導自演的人們，聽到鄰城傳回來的聲譽，漸漸也放下心防，先去求些小事，發現真的靈驗後，客人們才開始回籠，都像以前那樣來求他。

不但客人回來了，人們的熱情也回溫，招呼聲變得響亮，連娃兒都繞著他的攤子玩耍，一切像是都沒變，他終於又能重操舊業，做他唯一會做的事。

鄭堆生意回歸順遂後，硯城裡卻開始有了異變。

成人男子被發現渾身血汙的陳屍家中，每個屍首都沒了肝臟，一天死去一個；但不同於先前，屍首都被留下，像是刻意的挑釁。

一具又一具的屍首，日日被送入木府，死者有的神情驚恐，有的如似睡夢般安詳，各種死狀都有，共通點是被活活剖取肝臟，擺明就是公子所為，負傷的他已經恢復到能夠再奪人肝而食。

左手香依照約定，從屍首中挑出中意的器官，修復得不見傷口後，才將屍首發還給家屬安葬。眾人哀淒時，只有她唇上噙著幾乎看不見的笑意。

被姑娘派出查探受害者屋宇的信妖，發現每間門上都有無色的數字，要在月光下才看得見，而且不論怎麼擦，就是擦不掉。

聽了這訊息，姑娘喝下一口用最靠近雪線的那株梅花最早長出的花蕾，所製作的暖暖甜湯，才說了一個字：

「換。」

這晚，鄭堆收攤後，來到一戶人家門前。

人選是他白晝時就挑好的，他清楚記得這戶有男丁，年紀輕、身體強健，完全符合男人開出的條件。

他不是不知道男人做了什麼事，那些悲慟的家屬奔過他攤子前時，落下的淚久久沒乾。但是恢復符力的感覺太美好，好得能將罪惡感洗滌得一乾二淨，教他日復一日為延續符咒靈驗，間接殺死那些男人。

只要符咒靈驗，不論是人是鬼都會歡迎他、接納他。畢竟被疏離嫌惡的感覺遠比墳墓裡更冷，一個連鬼都嫌棄的鬼，要多寂寞有多寂寞。

再說，又沒有人來求助，人們都跑過他的攤子前，視而不見的去跪在木府的石牌坊前，哀哀哭求姑娘。

鄭堆聳聳肩，舉起筆來，在門上畫下數字。

月色之下，門上浮現「十」。

雖然筆上沒有沾墨，但毒墨沁染，黑濁的顏色從毫毛反染，連玉製的筆管都逐漸被沁透，染進一絲絲扭曲如蛇的黑絲，即使經過清洗，劇毒也無法消失。

寫好數字後，就不關他的事了。即使知道門內男丁今晚非死不可，他也無動於衷，飄飄然的就要離去。

木門卻在他轉身之前打開。

昏黃的燈光照在他臉上，一張深埋在記憶裡的清秀臉兒出現在他眼前，久遠得像是在幾輩子之前。年輕女子倚著門扉，不太確定的喊了一聲：

「爹？」

那聲喚，讓鄭堆猛然一顫。

「素兒？」

他喊了出來，看著唯一的女兒：

「妳不是嫁到鄰城去了嗎？」

記憶如浪洶湧，不羈的奔騰。

「我們這幾日才搬回來的。剛安頓好，才想著要去看爹呢。」

女子熱絡的挽著他手臂，如兒時般崇敬他、信任他。

「您是聽到消息了吧？爹就是這樣，椿椿件件做的都是善事，人緣好得連我都沾福。」

他張開口，卻發不出聲音，更無法在心愛的女兒面前，說出他這些日子的所作所為。

屋子裡頭有個健壯的男人正背著門在吃飯，聽到動靜便轉過頭來，跟鄭堆打了個照面，憨憨的摸著腦袋，起身湊到門前，殷勤的喊著：

「爹。」

那張臉，就是他白晝時選中的男人。

「爹？」

女兒喚著，語音帶笑：

「您是怎麼了？瞧您嚇得……是久沒見面，忘了女婿長什麼樣了嗎？」

女婿！

他竟挑中自己的女婿！

鄭堆幾步跨到門後，用衣衫拚命擦拭，想擦掉門上的數字，但字跡入木三分，即使他磨得衣衫都破了，把手掌的皮肉都磨盡，剩下蒼白的骨，嘎啦嘎啦的刮過木板，字跡還是未淡半分。

夜就要深了，他要快、要快、要快——

女兒走出門來，容顏漸漸老去，站在她身邊的男人卻維持年輕的模樣。

女兒從門裡，牽出一個年輕的男人，笑笑的走出來，跟女婿長得一模一樣。

「爹，這是您的外孫。」

鄭堆擦了又擦，幾乎要在門上磨出火來。

女兒再變得更老，站在兩個健壯的男人前，又從門內牽出另一個男人，同樣的憨笑、同樣的臉龐、同樣健康年輕的身體。

「爹，這是您的曾外孫。」

女兒已變得垂垂老矣，頭髮雪白如飛瀑。她伸出手，又要往門裡探。

鄭堆失聲大叫：

「不！」

他擦不去字跡，雙眼恐懼得深陷。

那男人就要來了！會活生生的挖開他女婿、外孫、曾外孫甚至曾曾外孫——那些延續他的血脈、他僅存親人的每個男人的胸膛，在肝臟溫熱的時候，逐一放進嘴裡咀嚼。

他無法要他們快逃。

因為他知道他們逃不過。

慌亂得手腳發抖的鄭堆，放棄擦拭女兒家的門扉，跑到對面去，匆匆寫了個「十」。才剛寫完，門就被打開。

「爹？」

清秀的素兒站在那裡，柔笑著叫喚：

「我們這幾日才搬回來的，剛安頓好，才想著要去看爹。您是聽到消息了吧？爹就是這樣，椿椿件件做的都是善事，人緣好得連我都沾福。」

背對門的男人起身走來，憨笑叫喚著：

「爹。」

「您是怎麼了？瞧您嚇得……是久沒見面，忘了女婿長什麼樣了嗎？」女兒問。

一模一樣的對話、一模一樣的男人——那個被他挑中的男人！

女兒容顏衰老，從門內牽出年輕男人：

「爹，這是您的外孫。」

他不敢再逗留，轉身又去寫別家的門。

「爹？」

不論他寫了幾家的門，每扇木門後走出的都是他的女兒、都是他的親人。

深夜裡頭，他寫滿每一家的門，最後發現再也沒有門可寫。他救不了他們，無法阻止女兒悲慟露出與那些喪失親人的家屬同樣的表情。

無路可走的鄭堆拿出懷裡的黑墨，開始往臉上擦，把臉塗抹得漆黑。這樣不夠，他還在四肢上塗抹，一邊抹一邊奔逃，在夜裡大叫著：

「吃我！吃我！不要吃他們，來吃我！」

他把黑墨都塗盡，愈跑愈遠，只想著要轉移那食肝男人的注意。為了女兒，他就算奔逃得魂飛魄散也值得。

遠遠的，鄭堆的背影消失不見。

容顏最老的素兒滿是皺紋的臉，像一張紙般落下，然後是她的身軀、雙腳。站在她身邊的男人也如脫釘的畫，有的大片、有的小片，從慢而急紛紛掉落，露出身後的空白。

很快的，所有的東西都剝落，像是下了一場色彩繽紛的雪。

偌大的空白在色彩落盡後，開始擰扭縮小、縮小、再縮小，最後折疊為柔嫩掌心上的一朵紙蝶。

「裝什麼蝴蝶？」

站在一旁的黑龍不屑的冷笑：

「噁心！」

信妖不服氣，維持蝴蝶的形狀叫嚷起來：

「我噁心？臭泥鰍，你辦得到嗎你？」

「辦得到我也不幹。」

「那就是辦不到了！哈哈，自己無能，倒敢取笑我。」

它拍動蝶翅，就怕黑龍來爭寵，非要爭第一，連忙討好姑娘：

「姑娘，您說，這件事我辦得好嗎？」

「好。」她鬆開手，讓紙蝶落下。

這次她跟公子都沒出面，只是間接交鋒。

公子留下的線索很明顯：要吃食人肝，大可不經別人之手。他憑藉著強大的魔力，硯城裡的男人之肝，都只是暫時寄放在身體裡。

會利用鄭堆，只是牛刀小試，為了證明他連鬼都能輕易蠱惑，善用最深層的慾望，挑起人與非人都抗拒不了的貪婪。

而她利用親情抹拭了貪婪，用信妖換取被選中的那戶人家，讓鄭堆早已遠嫁鄰城幾十年的女兒換取鄭堆的恐懼，直到他自取滅亡。

這次，她贏得輕而易舉。

姑娘望著大廳外、庭院裡第一朵梅花蓓蕾，在心中想著。

那麼，下次呢？

陸

桃花運

硯城北方，雪山的山麓下，生長著一株桃花。

桃花臨著懸崖生長，紮根在堅硬的岩石裡，年年受著最潔淨的雪水滋潤，樹齡已將近千年，一般桃花很少能活得如此長久。

它的樹幹呈灰褐色，還很粗糙，但每到花季時，它開得最早，延伸的枝條滿是粉紅的花蕾，綻放時豐潤嬌美。到花季最末，臨著懸崖落下的花瓣，會是那年最後的一場雪，嬌嫩如粉紅迷霧的桃花之雪。

就連木府裡頭有幸能供姑娘欣賞的那株桃花，都是由它這兒折枝，再進行栽種的。木府裡的那株，雖已是硯城裡最美的，卻還是不及它沐浴在料峭春寒裡，傾盡全力的繽紛。

花開時的真正燦爛，還是得要人們走上坎坷山路，來到這兒欣賞。

它也見過姑娘。

有個騎棗紅色大馬、名喚雷剛的男人，載著嬌美的少女，策馬到山麓下，然後背著她，一步步走上山，沿途的花草都恭敬低伏，雀躍她的到來，只求她能多看一眼。

但是，姑娘很少看它們，她幾乎只看著雷剛。

她趴在他寬闊的背上，頭枕在結實肩頭，輕聲跟他說話，告訴他這是哪種草、那又是哪種花；哪種果子吃來清甜、哪種嫩葉嚼來苦澀。

偶爾，她會拿出手絹，擦拭他額上的薄汗。

脆脆的聲音靠在他耳邊，輕問他累不累、要不要歇息？

男人笑著搖頭，非要親自背她上山，欣賞懸崖上姿態宛若凌空的桃花，還囑咐她不可以耍什麼花樣，讓他少走一步，否則往後就不再帶她出來春遊。

木府的主人、硯城的主人，人與非人連提起她時都敬畏不已的姑娘，竟就乖乖聽話，咬著衣袖露出甜笑。

如此行徑、如此對話，先前似乎也曾有過，但是記憶太模糊，跟夢境分不開來，桃花沒辦法判斷那是數百年前的一場夢，還是數百年前的一幕景。

滿山的花草樹木，年歲有的僅有一年，多的也就剛滿百年，都比它年輕得多，見了姑娘那惹人憐愛的模樣，著迷得讓有幸得見的花草樹木都陶醉，幸福的接連討論好幾季。

雷剛體力過人，中途沒有歇息，就把姑娘背到山麓上。他脫下外袍在地上鋪好，讓姑娘在最好的角度，能將美景都納入眼中。

他們來賞花，眼裡卻大部分時間只看著彼此。

因為姑娘大駕光臨，它也畢恭畢敬，彎垂所有枝條，輕顫著聽姑娘誇讚，整株桃花都因這榮耀而顫抖。它左等右等，好不容易覷了個時機，獻上那年那季那月那日那時，開放得最美的短枝。

短枝被雷剛摘下，簪在姑娘烏黑的髮上，人面桃花相映紅。

回頭想想，它那時太緊張了，忘了要跟姑娘訴說煩惱。

不過，這也怪不了它，因為千年之樹總是敏銳得多，它感覺得到，那時姑娘只想跟雷剛說話，任何人與非人都不該、也不敢去破壞那份寧靜。

錯過那一日，它也錯過機會，煩惱累積得愈來愈深重。

除了姑娘之外，來看它的人終年絡繹不絕。

就算不是花季，其他季節裡，只要山路可行，看它、求它的人與非人，早在超過一萬之後，它就懶得去數了。

來求它的大多是女人。

其中，少女最多。

她們打扮得漂漂亮亮，唇上還抹了胭脂，把青春點綴得更嬌妍。就算山路難行，她們也不放棄，中途必須歇息幾次，來到它面前已經香汗淋漓、氣喘吁吁。

少女們會帶來胭脂、水粉、鏡子跟甜酥餅，虔誠的懇求它能賜予她們桃花運，早日覓得得意郎君、共結連理。

然後，她們會在枝幹上小心的綁上紅線，等到心願達成，再來解開紅繩。

從它有記憶起，幾乎每日都有少女帶著希望來祈求，過了不久之後，就會滿懷欣喜的再來解紅線。

蝴蝶告訴它，並不是每株桃花都會受到這種禮遇。而是因為不知什麼緣故，只要親自登山，來求姻緣的就特別順遂，沒多久便能歡歡喜喜的當新嫁娘，搭上花轎嫁人去了。

綁上紅線，是要它別忘記；解下紅線，是要它別再惦記。

它年年日日看著少女們來到、少女們離去，衍生了煩惱。因為耗去太多心神煩惱，這幾季的桃花顏色比先前淡去許多。

終於，在滿千歲那日，它決定了。

消息很快在少女間傳開。

山麓下那株能求得姻緣的桃樹逃了。

它在一夜之間消失。前一天，有少女去時，還見它迎著日漸凜冽的冬風，臨著懸崖獨立，她送上貢品祭拜，綁妥紅線後下山；第二天別的少女上山，卻發現桃樹不見蹤影，崖邊的巨石上破開又深又大的洞，桃樹已抽根離去。

少女們驚慌起來，有的面帶愁容、有的寢食難安，全都日漸憔悴。

後來，有人想到了。

木府裡那株桃花，不就是千年桃花的分株？

雖然未滿千年，卻是種在木府裡，說不定會更有效。

她們重拾笑容，同樣帶著貢品，在石牌坊前擺放妥當，紅線綁在甜酥餅盒上，就這麼排得滿滿的，還排排排排排排排，排到大路上去，阻礙行人車馬移動。

因為過於不便，甚至連全身纏滿藥布，只露出一張俊容的黑龍受到姑娘召喚、來到木府的時候，都被逼著從側門由灰衣人領著走進來。

由於是側門，路徑更曲折，黑龍走到滿腔不耐時才來到大廳。

大廳裡也沒好到哪裡去。

桌上、椅上、甚至地上，都擺滿拆開的盒子，盒裡都是甜酥。有的是壓模很是講究，餅上有龍有鳳；有的是作法講究，餅皮或厚或薄，薄的細緻如雪，小小一個就能堆疊超過百層；有的是內餡講究，有桂花餡、玫瑰餡、莓果餡、豆沙餡、芝麻餡等等。

姑娘坐在椅子上，桌上只剩能放一杯茶的空間，每盒甜酥餅裡，都只有一個被咬了一小口。她喝了幾口茶，雙手捧杯擱在裙上，輕輕嘆了一口氣。

「我吃膩甜酥餅了。」她宣布。

黑龍翻了個白眼，極力忍著不對這小女人咆哮的衝動。他必須習慣、必須忍耐，就算聽見再荒謬的理由、再微小的藉口，都不能被激怒。

「沒人要妳都吃。」

他嫌惡的揮手，驅趕瀰漫的甜香。

「但是，她們都送來了。」

黑龍瞇眼，淡淡下了結論：

「貪吃。」

「我是好奇。」

她聳聳雙肩，難得露出無奈的模樣，卻只是為了推卸責任，像拂開掉落的餅屑般，把事情丟給別人。

很明顯的，那個倒楣鬼就是他。

黑龍想的沒錯。

姑娘接著就抬起頭來，漾著純真的笑，殷勤又和善的問：

「黑龍，你愛吃甜酥餅嗎？」

她問得直接，連找理由都省了。

望著那些甜酥餅，他就覺得膩，還膩進骨子裡了。要是他的鱗片不是落在姑娘手上，而是還留在他身上，現在肯定片片都豎起。

「我才不吃。」他答得飛快。

嬌美俏臉上才剛流露出一點兒失望，折成宮燈形狀的信妖立刻把嘴裡的火吐出來，飛下來繞著黑龍亂嚷亂叫。

嘎啦嘎啦、嘎啦嘎啦。

「大膽！」

它訓斥著，故意提醒，不錯過狐假虎威的機會：

「笨泥鰍，姑娘都這麼問了，你就該高高興興的說喜歡，然後把這一屋子的餅都吞了。」

「想都別想。」黑龍立場很堅定。

「你這笨泥鰍，怎麼就不聽話呢？」

它最擅長如此，指責旁人時不忘向主人諂媚，飛落在繡鞋旁，凌著一盒餅沒沾著，邀功的問著：

「姑娘，我最聽話了，對不對？」

她點點頭，很是稱許：

「對，你聽話多了。」

簡單幾個字，就讓信妖沐浴在深濃幸福中，暈陶陶的直轉，覺得就算此刻被粉碎消滅也值得了，它絕對不會有一聲抱怨——

姑娘的下一句話，卻讓它恨不得乾脆把自己滅了。

「所以信妖，賞你吃三盒餅。」

表面上說是賞，實則是拒絕不了的命令。信妖雖然稍稍露出苦臉，但很快恢復過來，為了不讓黑龍嘲弄、為了成為姑娘最寵愛的妖、為了自圓其說，它硬擠出笑臉。

嘎啦嘎啦。

嘎啦嘎啦。

它乾笑著，忍住語音不顫，大聲回答：

「多謝姑娘賞賜。」

柔軟的信紙下兩端捲起，再精緻的各分手掌與五指，連指甲都清清楚楚。它雙手各抓一個餅，往嘴裡開始塞，卻偷偷黏起舌頭，大口大口咀嚼，為了表現盡責，它還多吃了兩盒。

「好吃嗎？」姑娘問。

「嗝、嗝，好、好吃！」它滿腹圓鼓的回答。

姑娘啜了一口茶，不輕不重、不冷不熱、不笑不怒的再問：

「是什麼滋味的？」

信妖再度有滅了自己的念頭。

它張大嘴巴，慢慢把舌頭放下，不敢多說一個字，乖乖再埋頭苦吃，把該吃的三盒補上，速度還不敢慢下來。

黑龍冷眼旁觀，雙手環繞在胸前。他早已知道要小花招是絕對不可行的，這女人的心眼比針眼還小。

澄淨的水眸再度落到他身上。姑娘撥弄著一條被解開的紅線，用漫不經心的口吻，自然而然的問：

「對了，見紅愛吃甜嗎？」她就那麼順口一問。

「不知道。」

黑龍答完，才見她臉上那狡黠的淺笑，心裡暗暗一驚。他是真的不知道，否則被她覷隙一問，滾出舌尖的就會是答案。還好——還好——

還好什麼？

他擰起眉頭，拋開被那一問挑起的煩人情緒。

「她的傷勢如何？」

姑娘又問，很感興趣，身子還微微前傾。

他有了防備，硬聲回答：

「我不知道。」

「喔？」

她停了聲，連茶杯也擱下，理了一理衣裙，再慎重的坐好。

「過來，讓我看看你。」她語聲裡帶著取笑。

「要看什麼？」他警戒起來。

「當然是看你說謊的模樣啊！」

她抬起小手，衣袖遮住唇瓣，笑得好得意。原先的一本正經，都轉為少女惡作劇得逞後，難以遏止的銀鈴般輕笑。

黑龍咬緊牙關，瞪著笑倚在桌邊的小女人，知道他愈是想迴避的問題，她就會愈故意去問。

如果他身上有傷，而她拿著鈍針，一針又一針的戳著傷口，還睜著無辜大眼，天真無邪的問他痛不痛、痛不痛、痛不痛？是這樣比較痛？還是那樣比較痛？他也不會訝異到哪裡去。

「想知道她的事，為什麼不去問她？」

這些問題，讓他很難不去想起那豔紅帶金的身影。現在，除了拿回鱗片之外，他不能分心。

姑娘放下衣袖，布料浮現淡淡的梅花紋，隨著光線一時花開、一時花落，落下的花瓣圍繞在四周，連飽得不能動彈的信妖都被梅花淹沒。

「因為問你比較有趣。」

她說得理所當然，像是閒來無事，戲弄堂堂龍神只是個不足一提的小嗜好。

「對了，見紅把東西給你了沒有？」

「什麼東西？」

姑娘卻笑得別有含意，故意打住不說：

「算了，沒事。」

怒火充腦的黑龍，一時之間還實在想不出來有誰能比她更可惡。

大廳之外，灰衣人又捧來成堆的禮盒，隔著大老遠，恭敬的說道：

「姑娘，又有禮盒送到，連先前的加總，共一百三十五盒。」

「糟糕，顧著聊天，都忘了該處理正事。」

姑娘收起微笑，雙手一拍，埋怨的指責：

「都怪你，讓餅又增加了。」

是是是，怪他，都怪他！

黑龍頭上都快長出角來了。

「妳要我怎麼做？」

他不想再聽這些瞎扯的廢話，直接提問。

「眼下這些，還能找辦法解決。」

她環顧那些都被咬了一小口，露出甜餡兒的餅：

「但是，桃樹一天不回去，餅就會累積更多。」

梅花下的信妖勉強撐起尖頭，透過飽脹到喉嚨的餅，擠出聲音來：

「我、我聽說，城裡新開了間茶鋪，蝴蝶們都說，那兒有桃花的味道，是不是先——嗝、呃，先到那裡瞧瞧……」它脹得像個胖大的四角餃子。

「好。」

姑娘點頭，乾脆的吩咐：

「你們一起去。」

最看對方不順眼的兩個，偏偏就被湊在一塊行動。

黑龍深深覺得這也是她算計好的刻意折磨，不論怎麼樣，就是不要讓他好過。去找回千年桃花，還要信妖跟他同行，別說是看了，他就是想起這傢伙的存在，都會心生厭惡。

吃得太撐的信妖，出了木府還拖拖拉拉的。

它先找了間醬坊，像毛巾般用力扭擰，擠出了一缸糖水，還有一缸蜂蜜，才能走動自如，不會走一步就漏一灘的糖，腳底黏黏難走路。

「呼，好撐，差點就要撐死我了。」

它變身女子，邊走邊碎碎念，姿態也如女子一般，誰都分辨不出來：

「我這輩子都不會碰甜食了。」

黑龍只說了兩個字：

「活該。」

信妖氣惱得臉皮薄紅，聲音又細又嬌，還雙手扠腰，忿忿不平的指責：

「你不知道討姑娘歡心有多難！」

黑龍看都不看她，逕自往前走。

「我不需要知道。」他很冷淡。

「噯，你就是這樣，才不得姑娘的疼。」

女子嘆了一大口氣，從刻薄的嘴裡大發慈悲的吐出秘密：

「就是要討好她，她哪天開心了，說不定會提早放我們自由。」

黑龍停下腳步，終於看向身旁，雙眼睜得很大，露出不可思議的表情。

信妖當他這時才開竅，用同情的表情跟語調，大方的指導：

「我啊，已經領先你太多，所以先被釋放的絕對是我。」

基於厭惡——還有同情——黑龍決定不告訴它，那天永遠不會到來。

兩人並肩而走，果然隔著遠遠就聞見桃花的氣息。

冬季將至，不是桃花綻放的時候，花香卻馥郁得像一層無形的布，覆蓋在硯城之上，混入每種氣息之中。

就連身旁走動的人，偶爾也有滿身桃花香。

在花香最濃的地方，街角的那裡，就開著一間茶鋪。地點不在鬧區，甚至算得上有點偏僻，卻坐滿客人，還有人站著不肯離去。

而且全都是男人。

茶鋪簡陋，除了茶之外什麼都沒賣，只有一個豔麗的女子張羅。她穿著褐色的粗布衣裳，上頭縫綴了不知多少百針，用的都是紅線，線上都打了結，整件衣裳看來褐中有紅、紅中有褐，很是奇特。

她爐上煮著幾大壺水，逐一倒給客人，經過她的手，熱水就變成香噴噴的茶，偶爾有桃花不經意的從袖口滾進杯裡。

男人們坐在桌邊，視線追隨著她，捨不得移開，甚至捨不得眨眼，嘴角都彎著迷茫的笑。

看見信妖扮的女人，她很不客氣，厭煩的說：

「我這兒不招待女客。」就連一句道歉都沒有。

看見黑龍來到，她倒是笑容滿面，不著痕跡的推落一個坐著的男客，把最好的位置空出來，招呼著他坐下。

「您好，天要冷了，喝杯茶暖暖身子。」她殷勤的招待。

他不動聲色，坐在空位上，眼角瞄見信妖不悅的走開，才一會兒的功夫，就變換成男人回來，因為沒被熱切款待，很不是滋味的倚靠在牆邊。

茶杯端上來，是簡單的素陶，熱氣成煙飄了上來。

「客人，請快喝。」

她急切過頭，已經是催促。

在那雙濕潤的眼眸注視下，他端起茶杯，慢條斯理的啜了一口。

「再一口。」女人近乎懇求。

他沉默的再喝。

「最後一口。」女人的聲音顫抖著。

他面無表情，靜靜喝下第三口。

女人終於不再催促，鬆懈下來，重重喘了一口氣，手搗在胸口，像是完成最大心願般，快樂而滿足的徹底放心。

她踏出茶鋪，到一旁的空地上，不論是坐著的男人或站著的男人都圍繞著她，著迷得失神，除了她眼裡什麼都容不下，如最忠心的花朵，只迷戀一隻蝴蝶，全都癡癡仰望。

褐紅的衣裙一轉，落出許多桃花，她繞了一個圈。

「我美不美？」

男人們異口同聲。

「美。」

她燦笑著，抽下髮上的簪子，輕輕搖了搖頭，長髮就如泉般墜下，散發出更濃郁的花香，魅惑著每個男人。

「你們愛不愛我？」

男人們再度異口同聲，有志一同的點頭：

「愛。」

花香是無形的手，緊箍箍著男人的視線、男人的神智、男人的行動。只見更多男人來到，身後有婦人緊緊扯著衣袖，哭哭啼啼，無論如何不肯放手，男人卻看都不看婦人一眼。

「別去！」

婦人失聲叫著，滿臉是淚：

「跟我回去，今天我絕對不允許你再去喝那女人的茶。」

她握得好緊，卻被拖行著前進。

「我非去不可。」

男人喃喃說著，像在夢囈，不由自主的走向茶鋪。

婦人淚如雨下，指尖都扯出傷口，在親手縫製給丈夫的衣衫上，滲出如桃花般豔麗的一道道紅痕。

「你明明說過只愛我一個人，永遠不會離開我的。」

她用控訴的哭音，提起當初兩人的海誓山盟，往日的情話，如今被說得萬分淒厲。

男人執意往前。

「不，我愛的是她。」

他想也不想，甚至無法思考，隨意扯開衣袖，顧不得撕裂的袖子跟被拋下痛哭的妻。

沒有位子可坐，他就站著，跟別的男人同樣著迷。

女子搔首弄姿，一遍又一遍的詢問重複的問題，聽著男人們重複的答案。周遭的男人愈聚愈多，哭泣的女子也跟著增加，哭得通紅的雙眼都恨恨的看著女子。

驀地，女子停下動作，筆直的走到黑龍面前。

「你為什麼不愛我？」

她注意到只有這個俊美粗獷的男人沒有露出著迷的神色，更沒有跟著眾人同聲回答，說她美、說愛她。

「因為我是龍神。」他言簡意賅。

女子忿忿搖頭，揮手朝男人們指去：

「不，這裡有人，也有非人，就算你是龍神，喝下那杯茶也會愛上我，對我唯命是從。」

「我不能解釋為什麼，總之，我沒有愛上妳。」

他望著千歲的桃花精。喝那杯茶時，只覺得舌尖微微泛甜，此外沒有半點影響。

女子惱怒得直抓頭髮，不能接受竟然有人或非人能喝下她累積千年的珍露，卻不受她控制，仰慕的望著她，問一句答一句，說著愛她愛她。

站在一旁的信妖慶幸自個兒沒喝茶，因為懷恨黑龍俊美，被特別對待，所以倚靠在牆邊不幫忙，反而說起風涼話，故意要攪局添亂。

「是啊，臭泥鰍，你為什麼不愛她？」

它揚聲問，還摸摸下巴，對這個問題深感興趣。

黑龍瞪了它一眼，它卻不知死活，還笑嘻嘻的：

「你是不是已經愛上別人了？」

亂吧亂吧，亂了最好！它幸災樂禍的想，就讓那不甘心的桃花精纏上黑龍算了。如此一來，能讓臭泥鰍煩到想死，還能解決這件事情，一舉兩得，回去姑娘面前，功勞全算它的。

女子醒悟過來，用力點頭，被信妖無意提點了答案。

「對，一定是這樣！你的愛在別人那裡。」

她放棄對其他男人的控制，因為得不到，所以更想要，傾盡全力要迷惑黑龍，讓他臣服在她的裙下。

周圍的男人們因為沒了控制，在花香淡去後，一個個逐漸清醒，恍如做了個太深太沉的夢，困惑的看著彼此，再看看茶鋪，不知道自己怎麼到了這裡。

那些有妻子的、有情人的，轉頭看見心愛的人在茶鋪外頭哭泣，都驚愕得連忙起身，焦急的哄問為什麼要哭泣，對憤怒的搥打、啜泣的指控沒有半點頭緒。

就算桃花精只對黑龍散發無論人與非人都難以抵擋的誘惑，他還是無動於衷，甚至又喝了幾口已經半涼的珍露。

「我沒有愛任何人。」

他皺著眉頭，說得很肯定。

「不，一定有。」

她太過執著，很用力很用力，幾乎要冒險讓自己衰老，卻還是無法讓黑龍就範：

「只是你自己不知道。」

「不可能有這種事情。」他堅持，什麼情啊愛的都不敢興趣。

他諷刺的一笑。

雖然他不相信也不知道他的愛在誰那裡，不過倒是很清楚自己被剝下的鱗片，如今在誰的手裡。

四周的男人們全都走光了，只剩下他跟信妖，跟全身無力，狼狽跌坐在地上，哭得花瓣不斷凋零的桃花精。

哭泣的女人很煩，但受制於人，再煩也得處理。黑龍耐著性子，先清了清喉嚨，才能用平常的語氣說話，沒有當場咆哮，只叫她快點滾回山上待好，不要增添他的麻煩。

「雖然我不懂愛情，但是妳對那些男人所做的，只是控制罷了。」

拜某人所賜，他對控制熟悉到不行。

「他們嘴上那麼說，心裡未必贊同。」

這道道地地的就是他的心聲啊！

桃花精仍舊搖頭，悲泣不已。

「你兩百年前才來到硯城，我卻在這裡已經待了千年。」

她用手抹去花瓣，卻又更多花瓣湧出，已經超出好幾季的份量。

「她們來了一批又一批，個個都如願以償，但我呢？她們都有桃花運，為什麼反倒我沒有？」

「總之，迷惑的手段證明是無效的。」

他雙手撐在大腿上，難得很用力去思考，額上都冒出青筋。

「那我該怎麼辦？」

感覺到黑龍的認真，她停止哭泣，雙眸含淚的求救，期盼能得到答案：

「你已經不能愛我了。」她抱怨著。

「當然不行。」

他回答得飛快，更努力的想著，直想到星星都出現，姿態都換過好幾個，坐都快坐麻了，懊惱的一低頭，看見桃花的花瓣間露出來的小巧雙足，這才靈光一閃。

「對了。」

他用力一拍大腿：

「妳不是有雙腳嗎？」

桃花精困惑的歪頭：

「是有。」

她能化為人形，沒有絲毫不同。

「那些少女用雙腳，爬上山去找妳。」

黑龍這下子想清楚了，終於能說得有條理：

「她們是用雙腳去走，才能求得逃花運。妳本身就是桃花，只要跟那些少女一樣，用雙腳去找，說不定就能找到。」

桃花精聽著，覺得有道理，但仍有幾分沒把握。

「真的嗎？只要用雙腳去找？」

她有點擔心，咬著唇瓣，認真的再確認：

「就這麼容易嗎？要是找不到怎麼辦？」

「到時候再來想辦法。」

黑龍雙手一攤，實話實說：

「這樣總勝過妳在這裡耗盡精魂，卻只是換來一群口是心非的傢伙好吧？」

費了這番唇舌，又花去幾個時辰，桃花精終於被說服。她不再哭泣，稍微整理自己，連一刻也不想浪費，就要邁步前行。

臨時之前，她稍一停步，轉過身來，粉臉薄紅的望著黑龍，感激的點了點頭，由衷的道謝：

「我一定不會忘記你提點的恩情。」她保證。

「不用了。」

他揮了揮手，正要叫她快走，倏地又坐直，險些忘了最要緊的事情：

「記得，找的時候，山上的形體也要維持著。」

「是。」

對用心提點的黑龍，她百依百順，不敢違背。

星光燦亮，把一條路照得特別亮，被磨得圓潤的五色彩石微微發著光，是個無聲的指引。

桃花精選了那條路，走一會兒，就停一會兒，對黑龍點頭答謝。這樣重複許多次後，嬌嬈的背影才消失在路的盡頭，再也看不到。

好不容易解決一件事情，黑龍往後仰著頸項，大大的吐出一口氣，覺得這比先前跟公子對戰還要累上許多倍。回去之後，他絕對要在厚厚的水藻上，舒服的睡上一覺。

等等——

啊，在回去之前，他還得去木府一趟，討回這次的鱗片。

不知道她會不會又囉囉嗦嗦，像上次那樣說他辦事不周全，欠著一片鱗沒給他？想到姑娘的笑，跟那些迂迴難測、以耍著他玩為最主要目的言行，他差點難受得呻吟出聲。

始終倚靠在牆邊，半點忙也沒幫的信妖，這時才開口：

「所以，你真的有所愛之人了？」它好奇死了。

黑龍默不作聲，抬頭看著它，張口就噴出一道最炙熱猛烈的龍火，燒得它嘎啦嘎啦的鬼叫不停，最後散落成灰燼。

柒

知了

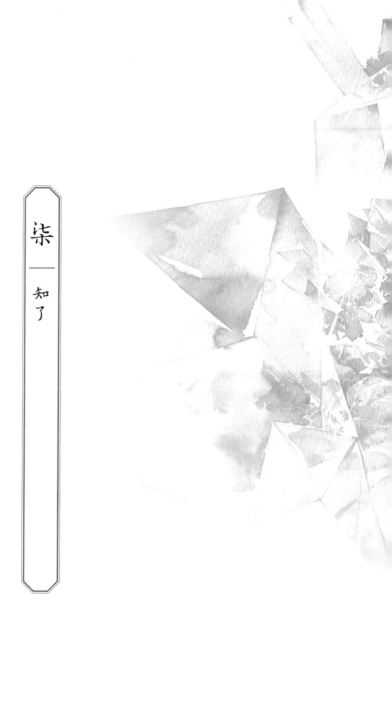

他思念著她。

他的妻子、他的夫人、他的摯愛。

穿著飄逸白袍的公子，在硯城之底、深得要掘過三道泉水，幽冷難尋之處，一座闢石而建的精緻樓宇中，那舒適奢華的臥榻上，輾轉難眠的嘆息。

他坐起身來，用手摀著沒有心的胸膛。心沒了，思念卻濃之又濃，沒有淡去分毫。

就算已化成魔物，還是捨不下思念。他是為她而入魔、為她放棄成為神族，就為了保護她。即使離開硯城，過著平常日子，像對尋常夫妻那樣，他也甘之如飴。

他是真的這麼想的。

只不過，連平凡也是最奢侈的夢。

他已成魔了。

而她為了維持硯城的平衡，被作為犧牲品，不知被藏在何處。

他清楚規矩，因為他也親手封印了他上一任責任者的妻子，把那女人埋在硯城以南的牆下。當初為了找尋規矩的遺漏之處，在被迫卸任前，他親手去挖掘南牆。

被封印時綺年玉貌的女子，經歷將近五十年的消耗，別說是身軀了，就連魂魄都脆弱稀薄，觸都觸不得，連用力吹口氣，都會讓她消失為無。

如今，他的妻子被姑娘封印也超過三年，他必須趕在硯城吞噬她之前，快快將她救出來才行。

聚集惡念、吞食人肝，讓他一日日強大。但愈是強大，他愈是覺得身體裡有股力量在衝撞著他的魔力，就像是血液裡有把鋒利的匕首在流竄，因為搜尋不到心，所以始終刺不中要害。

溫潤如玉的手伸到胸膛前，食指化得粗糙黑綠、浮凸可怕，泛黑的指甲又長又鋒利，在肌膚上劃了一道，湧出腥臭的液體，滴入一塊晶瑩剔透的水晶中。

液體腐蝕水晶，流入其中，黑血飛旋暈染，把水晶侵蝕到最薄，卻有一小滴殷紅懸在水晶之中，散發柔亮光芒。當黑血沉澱，它更顯紅潤。

他舉起水晶端詳。

這該是那女人的血——他繼任者的血——擁有強大力量，能操控日光、驅逐化魔的他、能力遠比他跟他上任責任者更強，看似十六歲，又絕非十六歲的少女。

姑娘。

他在唇舌間輕念這兩個字，再用獠牙狠狠咬碎。

關於她的線索太少，除了深愛雷剛、役使黑龍與信妖、對硯城內外之事全都駕輕就熟、事事易如反掌外，他對她知道得並不多。這不是一件好事，他必須知道更多，才有獲勝的機會。

先前，他就是沒有料到雷剛已從人變鬼，才棋差一著，失去殺她的機會。

她還藏著什麼樣的事情？

她有什麼樣的秘密？

她的弱點在哪裡？

經過上次交手，公子知道對敵人懂得愈多，才愈有勝算。

姑娘看似不敗，但並非如此。

沒有人與非人是無敵的。

俊美無儔的公子，垂落不成比例的魔爪，爪中握著水晶。他想了一想，記起一件事情，那件事情原本微不足道，如今卻變得有利用價值，令他的眼裡有真正的笑意。

他知道該去哪裡詢問關於姑娘的過去。

時間正好——就是這麼剛好，沒有遲一些，也沒有早一些——是不是冥冥之中，有什麼莫名的東西在幫助他呢？

公子輕聲笑了。

有個壯年男人從樹林中走出來，神情疲憊但滿足。他閒適的踏在五色彩石上，在四方街廣場四周挑了門面最奢華、索價最昂貴的酒樓，悠哉悠哉的晃了進去。

店小二不敢怠慢，立刻過來招呼。

「大爺，您好——」

男人伸手，打斷客套話，直接說道：

「我要最好的廂房。」

店小二雙眼一亮，飛快的打量來客。只見這人身材普通，大臉上雙眼小小的，還分得很開；身穿深褐得發亮的衣衫，最外頭還罩著一件看似透明，細看卻又有紋路的透紗長袍。

這種袍子可是富貴人家才穿得起的！

知道是貴客光臨，店小二笑容更燦爛，腰也彎得更低。

「好好好，大爺您運氣可真好，今晚最上等的廂房正好就空著，平時可是日日都有人訂，排都排不上。」

兩人一前一後來到華麗的廂房後，男人大剌剌坐下。

「大爺，這是我們的菜譜，還有酒單，請您過目。」

店小二用雙手奉上，伺候得格外殷勤。

「不用看了，把最好的酒菜都給我端上來。」

男人很豪氣，完全不在意價格，全要最好的。

「是是是。」

店小二猛點頭，不忘介紹：

「我們店裡的菜好，酒更好。尤其是糕餅師傅，做的甜酥餅連姑娘都吃過一口。」

他驕傲的說。

男人小小的雙眼發亮。

「那就給我來個一盤。」

「是！

店小二走到外頭，用盤子捧著一疊溫熱適宜、整整齊齊，還灑了花露的毛巾，讓貴客擦手，順道把半點灰塵都沒有的桌子又熱切的擦了一遍，不放過任何機會，努力表現得勤快。

在他鞠躬哈腰要退出去前，男人才吩咐道：

「酒菜都由你送來，門給我掩好，別讓任何人來打擾。」

他小眼專注，對這點很重視，極力要保住隱私。

「這您放心。」店小二保證。

「放機靈點，等我吃飽喝足，不會虧待你的。」

「多謝大爺！」

樂呵呵的店小二想到豐厚的小費，自然不想把這美差讓給別人，上上下下、來來回回好幾趟，把酒菜都上齊後，就門神似的在廂房外守著，誰也不讓進。

男人恣意喝著最好的酒、吃著最貴的菜，開始時吃喝得快，等到肚子裡有七分飽後，才有閒欣賞窗外美景。最好的廂房，景色當然最好，望出去整個四方街廣場都在眼中，人與非人都忙碌著，燈火剛剛亮起。

看著看著，吃得油光滿面的臉漸漸露出惆悵的神色。

好酒、好菜配上美景，都是上等享受。可惜卻是他的最後一頓，往後再也沒機會享受了。

心裡正不好受，眼角卻瞟見有個人不請自來，還逕自坐下。

他有些惱，轉頭就罵：

「不是說過，任何人都不能——」

罵到一半，他就張口結舌。

因為來的不是人。

身穿白衣的年輕男人坐在桌的另一邊，神情平靜，卻氣度懾人，雖然已經斂盡魔力，卻還是能讓人與非人畏懼。他身後的門還關得好好的，憑空就出現，守在外頭的店小二並不知道廂房裡多了不速之客。

男人一眼就認出對方是誰。

「果然，你什麼都知道。」

看著男人眼裡的畏懼，公子很滿意。

「那不是我願意的。」

男人辯駁，聲音先是軟弱，最後反倒強硬起來，壯膽的灌下一杯酒：

「你想怎麼樣？」

公子慢條斯理的拂了拂衣裳，彷彿連空氣都覺得汙濁，潔淨得不肯沾身。他垂眼的時候，眼睫很長，燈光映在俊臉上，有兩道彎彎的暗影。

「我要問你一些問題。」

他輕輕的說，聲音卻出奇的大，震得滿桌酒菜劇烈搖晃，摔跌了滿地，連上頭的燈籠也瘋狂搖動，急著要逃出去。

男人掩住雙耳，被震得摔在地上，勉強剛爬起，又被餘波滑倒，撞得鼻青臉腫、頭昏眼花，嘗試好幾次後才順利起身，衣衫都髒了。

「我什麼都知道，但是我不會說。」

羞辱的手段讓他的恐懼淡去，覺得氣恨起來。

公子看著他，有些意外，甚至有些感興趣。

不論是成魔之前還是之後，他很少遇見不對他畏懼的傢伙。

「我能讓你死。」他說。

男人哼笑一聲：

「我本來就要死了。」

「喔？」

公子挑眉，拇指輕輕摩擦著中指與食指：

「我能讓你死得非常、非常痛苦。」

「這我也知道。」

男人咬緊牙關：

「不要緊，反正我死得很快，你的折磨有限，我只會痛一下下，很快就沒感覺了。」

「那麼。」

公子沒有退意，繼續又說：

「我會去找到你留下的每個子嗣，把他們逐一殺死，讓你死得毫無意義。現在牠們都還是卵吧？我會一個、一個、一個的捏破——」

男人終於崩潰，立刻變了臉色，哀嚎的大叫：

「不要！」

他在暗無天日的地方，孤孤單單的存活了十七個年頭，終於盼得離開，在短短的時日裡尋找伴侶，為的就是要繁衍後代。他死不足惜，畢竟是注定的，但他的子嗣卻不能受害。

他是一隻蟬。

蟬，又喚知了。

因為被這麼稱呼，所以天地間的事，就算他不想知道也不由自主，在夏季時只好厭煩的一直叫「知了」、「知了」、「知了」——

就算這麼叫，該知道的、不該知道的事，還是會溜進他耳裡。他們除了留子嗣之外，都會帶著過多的答案死去。

「那麼，我問什麼，你就得答什麼。」

公子打了個響指，要淚流滿面的蟬精抬起頭來。

「秋季已末，你是最後一隻蟬，所以知道得最多。」

他只能點頭，但是很快的又痛苦搖頭。

「我雖然知道，卻不能說。」

他只有能力知，卻沒有能力說。

公子不看蟬精，而是仔細端詳著光潤無瑕的手，用最慢的速度仔細揉捻。流露的無聲威脅，讓廂房內連空氣都不敢流動。

他磕頭如擣蒜，拚命哀求：

「公子，求您放過我，我──」

一塊水晶出現在小小的眼睛前，輕輕的搖晃。裡頭的黑血晃蕩成波，唯獨那滴小小的嫣紅懸空，一動也不動。

「這是什麼？」公子只要答案。

蟬精愣住，雙眼盯著水晶，小小的眼珠隨著一會兒左、一會兒右，看得捨不得眨眼，眼淚也止住了，甚至露出求之不得的表情，用力吞了吞口水，滋潤突然乾澀的喉嚨。

「如果公子您能把那滴血給我，讓我喝下之後，我就什麼都能說了。」

他身體顫抖著，衣衫發出摩擦聲，卻不再是因為恐懼，而是無比的驚喜。

公子偏著頭，長髮落在衣衫上。他慵懶的先看了看水晶，再看看蟬精，把水晶隨意扔去，半點都不在意。

蟬精誠惶誠恐的接住水晶，就怕摔破了。他握著水晶，湊到嘴邊，小心翼翼的只吞嚥下紅血，沒讓黑血碰觸到嘴。

剛吞下紅潤的血，他就猛地抬頭，雙眼發直的顫動。黑髮中的白髮都脫落，生出的是更強壯的黑髮，臉上的皺紋也消失，轉眼從有些疲倦的中年，變回精神抖擻的青年。

「呼——」他嘆息著，也回味著，如似銷魂。

啪！

響指聲再起。

蟬精連忙回過神來，興奮的開口：

「這是神族之血。」

因為吞嚥神血，他就跟同類不同，不但有了說的能力，更不用在冬季到來時死去。他將可以活得很久很久很久，而且始終青春不老。

這是因禍得福啊！

蟬精欣喜不已，感受著神血帶來的改變。他身強體壯、氣血暢旺，能夠繁衍無數子嗣，甚至能看到蟬族之間傳說已久，卻不曾見過的降雪之景。

再也沒有族類可以嘲笑他，什麼叫夏蟲不可語冰。

公子面露訝異。

「神族？」

「是的。」

俊美的臉龐下，有不知名的東西鑽動，在俊容上一下子凸、一下子凹，景象詭異而駭人。那東西不斷從公子頭部湧出，順著頸項溜下，遊走在皮與肉之間，幾乎就要裂膚而出。

「她是神族？」

「是。」

難怪她的能力遠在他之上。

許久前的記憶，此時出現在腦中，那可恨的聲音在腦中迴盪，清晰得就像是昨日才聽見。

奉神族之命，我判你流放到萬里之外，不得再歸回硯城。

驅逐他時，姑娘這麼說過。

神族。

那句話是線索，卻也誤導了他。

奉神族之命。

一直以來，他以為姑娘是奉命於神族，卻沒有料想到她本身就是神族。不論是身為責任者時或是成魔，要對抗神族都是幾乎不可能的事——

幾乎。

他在入魔前讀過的那些書冊中曾清楚記載著，即使非常非常稀罕，卻也有神族真正被擊敗的例子。這證明他不是完全沒有機會。

「她把夫人封印在哪裡？」

他問出最亟欲知道的問題。

蟬精張開口，欣喜的臉色乍然有些詫異。他閉嘴，再張嘴，重複了幾次，最後挫敗的放棄嘗試，不甘心的回答：

「我不知道。」

原來這世上竟有他不知道的事。

公子微微擰眉，沉默了一會兒，直到竄出七孔的扭曲黑蛇不再因怒意而激烈舞動、慢吞吞的縮回去後，才又再問：

「她已經是神族，驅逐我後大可離去，為什麼會留下，繼續擔任責任者？」

成為神族，是責任者期滿後的報酬，她不需多費一番功夫。

「是因為雷剛嗎？」

這可能性最大。

但是，卻又說不通。

身為神族，姑娘大可以為所欲為，三年多前就帶走雷剛、遠離硯城。她繼任責任者，反倒會讓心愛的雷剛成為期滿後的犧牲品。

蟬精搖頭晃腦，臉色和緩了些。

「是。」

他先肯定，但又回答：

「也不是。」

公子不接受模稜兩可的答案。

「解釋清楚。」

「姑娘留下，某部分是為了雷剛。」

蟬精說著腦中源源不絕的答案：

「但是，她擔當責任者也是必須的。」

「為什麼？」公子瞇起眼。

「這不是她第一次擔任責任者。」

蟬精語出驚人：

「五百年前，她就曾擔任責任者，期滿後獻出犧牲，當時就成了神族。但是，她的方式受到質疑，於是必須重複擔任第二次。」

如此一來就說得通了。

公子舔了舔嘴角，舔去一些笑意，卻還留了一些在唇上。他嗅見機會的味道，很可能就是姑娘的弱點所在。

「她當初是用了什麼方式？」

「姑娘第一次期滿時，獻出的犧牲是個威力極強的大妖。」

五百年前的事，蟬精說來還是有條不紊：

「大妖的能力與當初的姑娘難分上下，姑娘沒有與它為敵，反倒與它成親，期滿後犧牲大妖，也為硯城去除大患。」

公子眼中精光一閃，陡然明白過來。

「她騙了那個大妖。」

這女人的心思盤算得那麼深，所作所為都對她有利。

「她對大妖是虛情假意。」

最是在乎，卻未必是情愛。

她在乎大妖，說不定是為了除掉它，如此才能一舉兩得。

「神族間就有此一說。」

蟬精點頭，道出深藏已久的秘密：

「於是，姑娘再臨硯城，第二次成為責任者。」

「這次，她遇見了雷剛。」

他深深記得她有多麼在乎雷剛，甚至早早就做了防範，讓雷剛從人變鬼，隱沒他的鬼名作為保護。

公子這麼想著。

但是，他很快又變得不能肯定。

雖然見過姑娘如何對待雷剛，深深的在乎，看似深情，卻只有她知道是不是真心真意。畢竟連神族都不知道她情意的真假。

這一點，不需要問蟬精，公子也曉得不會有答案。

他沒有怒，更沒有半點沮喪，笑意仍在。

至少現在已經確定雷剛會是個關鍵。不論她是真情還是假意，雷剛都會是不可或缺的存在，有了這個弱點，她即使是神族，也未必立於不敗之地。

窗外，秋意褪盡。

冬天來了。

蟬精深吸一口氣，懷抱無比興奮，感受著從未體驗的凜冽氣息。什麼時候才會下雪？雪是什麼溫度？摸起來是什麼觸感？吃起來會是什麼滋味？他全都迫不及待想知道。

他站在窗口，挺起胸膛。

倏地，某種東西從體內衝撞、穿透他的皮膚疾飛離去。速度太快，他只隱約看見一抹殘餘的碎紅。

蟬精艱困的伸出手，想要挽回離去的神血，卻在下一陣冬風吹起前就僵著身軀，維持最後的姿態死去。

世上注定了蟬不知雪，任何一隻都無法違逆。

公子站起身來，望著神血離去的方向，也是木府的方向。姑娘察覺他的出現了，時間雖短，但已經足夠讓他問出幾個跟她密切有關的問題。

白袖揚起，他嘴角含笑，身軀如燃燒的蠟燭般融化，流進廂房的陰影處，最後完全消失不見。

他得到重要訊息了。

廂房裡頭，久久無聲。

店小二耐心的等啊等，從滿腔期待等到惴惴不安。

他先用一隻耳朵，忐忑的貼在門上偷聽，始終聽不見動靜。眼看客人來了又走，不論是其他廂房，或是開放的桌台，都換過好幾次客人了，就是裡頭那個說要給他小費的貴客還沒有喊結帳。

這、這、這該不會有啥差錯吧？

他把整個人貼上去，像壁虎般貼著門，力道還不敢太大，就怕把門碰開了。

砰！

一顆爆栗用力砸在他腦袋上。

「唉啊！」

他慘叫一聲，腳步顛了顛，身子搖搖欲墜。

掌櫃站在後頭，氣呼呼的罵著：

「你這小子，整晚都看不見蹤影，喊也喊不來。店裡忙得快翻天，誰都累得快趴下了，只有你一個人偷懶，躲在這裡不做事。這回我非扣你冥餉不可！」

店小二心裡發急，顛得更厲害。

「不、不——」

字未成句，他已經控制不住，重重撞開雕刻花鳥的木門，倒進大半晚都沒開的廂房。

「掌櫃的，我沒偷懶，是有個貴客在這裡，我得伺候著。」

他大聲辯解，慌忙站起來，想要向客人賠不是，轉身卻驚見杯盤狼藉，好酒好菜都灑了，瓷器也碎裂，桌子更是翻在牆邊。

至於貴客，則是面朝下，半個身子掛在窗口。

「這是怎麼回事？」掌櫃焦急的問。

糟糕，該不是出人命了吧？

店小二衝到窗邊，把財神爺抱回來，臉色發白的伸手探了探鼻息，急得頭上冒汗，大聲喊著：

「掌櫃，快快快，去請大夫來啊，客人沒氣了！」

嗚嗚嗚，他的小費啊，這下子沒著落了。

掌櫃卻沒有離開，反倒走過來，仔細看了看死者。一看那長相，他的眼淚差點也流下來，伸手又朝店小二後腦狠狠連打好幾下。

「請什麼大夫啊，我這頓賠得還不夠嗎？」

他在廂房裡團團轉，從灑落滿地的殘羹散酒辨認。

「唉啊啊，我上好的五十年竹葉青！還有這靈芝燉雞、這鱘龍魚、這蟹黃湯包、這藕心鑲肉、這——還有我的瓷器啊！瓷器啊！」他握拳哭喊。

店小二看不下去，忍不住說道：

「掌櫃，人命要緊，您還顧什麼酒菜？」

「什麼人命？」掌櫃火了。

「就地上這客人啊！」

「這根本不是客人。」

掌櫃按著店小二的頭，逼著去看死者的臉：

「認不認得這長相？我不是早就要你們給我記得這張臉的嗎？」

店小二這才細看：

「好像，有點眼熟。」

「當然眼熟，我還讓人畫起來，就貼在櫃台後頭！」

他怒氣充腦，兩眼昏花：

「這是蟬精啊，到秋季臨死前，就到處騙吃騙喝，吃完就死，白吃白喝還要店家幫著收屍。」

「啊？」

店小二驚覺被騙，卻已經太遲。

「既然是你帶進來的，屍首就給我從後門抬出去。」

掌櫃連連嘆氣，整晚賺來的利潤都抵不過這頓白食啊！

「還有，損失都從你月薪裡扣！」

「掌櫃——」

「還敢回嘴？」

店小二低下頭去，縮著肩膀不敢再說。

「記得把這裡清理乾淨，知不知道？」

店小二學夏季的蟬，小小聲的哼了一句：

「知了。」

捌

馬鍋頭

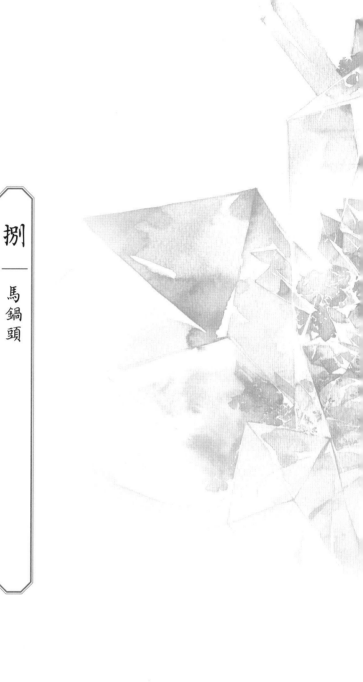

冬風吹來，一陣比一陣冷。

無瑕的白色從雪山往下蔓延，速度雖慢，進度卻一日一日可見，每天都比昨天下降一些。

那是雪的顏色。

雪山東麓、主峰右下方的雲杉坪，又稱錦繡谷，這時也已銀妝素裹、遍地細雪。古老的杉樹們凍在冷風中，要睡過整個冬天，直到明年春冰雪融化時才醒來。

硯城內外的人與非人也為過冬而準備，比尋常時候更忙碌。

雷剛覷準時機，算好山路的狀況，在落雪封路前，領著馬隊走了今年最後一趟，替城內翹首盼望的店家帶回入冬前價格最高的皮草、臘肉等等貨品，再將豐沃的薪資發給弟兄們。

男人們興高采烈，用拳頭敲擊彼此肩膀，很高興一年的辛苦終於告一段落，接下來幾個月可以窩在火爐旁，跟妻子暖暖的膩著。

其中，有一個最年輕的，過幾天就要成親，大夥兒又是恭賀、又是取笑，弄得他黑臉泛紅，窘得抓耳撓腮。

是雷剛笑著制止，男人們才停了取笑，承諾會去喝杯喜酒，方道別分開，牽著自個兒的馬回家。

身為馬鍋頭的雷剛，目送每個兄弟離去後，最後才走。

他的家在硯城某條小巷裡，外頭搭著馬棚，夏季時通風而舒適，冬季時蓋上氈毯，溫暖不透風雪。他把棗紅色大馬視為兄弟，鋪蓋在地上的乾草，永遠篷鬆乾燥，吃的細料也是最上等的。安置好棗紅色大馬後，雷剛才進屋裡去。

他是人的時候就住在這裡，成鬼後也沒搬家，覺得這兒住得習慣。

比起兄弟們分的薪資，他領得最少，而且大多花費在照料棗紅色大馬。他簡樸慣了，扣去吃食跟必須花費，單身獨居，用不了多少錢。

簡單的小屋雖然隔了好一陣子沒人，屋內卻是一塵不染，桌上還有四菜一湯，都是他最愛吃的。

門邊擺著兩雙新鞋，床鋪上還換了被褥，用的是純棉，摸上去平滑細軟，他粗糙的手反倒還會勾住面料。仔細一摸，被褥裡的棉花打得很鬆軟，蓋上身肯定不重。

他笑著嘆了一口氣。

這也是他不需花錢的原因之一。

他心愛的女子勸不了他進木府居住，就費心為他張羅，吃穿之類她都愛插手。知道他不喜歡奢華，她用都是實惠的材料，還不假他人之手，親自為他納鞋、縫被褥、做衣裳。

她生來嬌貴，吃穿都有灰衣人伺候，這類事情大可以交給別人，她卻偏要獨攬不放，把為他張羅這些當成屬於她的特權。

被褥上頭有淡淡的香氣，該是她的味道。

他深深聞嗅，感覺被褥還有些暖，不知是何時擱下的，驀然間幾乎有種衝動，讓他想飛奔出門，說不定就能看見她在巷口等著，長髮飛揚在風中，彎著唇甜甜一笑。

擱下被褥，雷剛走到桌前坐下，沒去動筷子，而是探手入懷，從貼身的暗袋裡拿出一個布製的小袋。

大手粗指打開小袋，因為很謹慎，所以有些笨拙。

袋子裡是一隻簪子，紅潤潤的很漂亮。

這是他在鄰近的城裡不經意看見的，販售的商人說是用珊瑚所做。珊瑚生長在深海，比美玉更珍貴，如此紅豔的又更為難得。

相處多年，他知道她配戴紅色的簪最是好看。

所以，即使珊瑚簪子的價格驚人，他也當場就訂下。鄰近幾百里內，做生意的人都知道他聲譽極佳，是遠近馳名的馬鍋頭，立刻包妥要讓他帶回去。

雷剛卻不肯。

他從薪資裡一點一滴的存，每到那座城一次，就付一筆數額，這樣往返許多次，好不容易才存到夠數，能在今年把簪子帶回家。

紅潤的珊瑚，被巧匠鑲為一朵山茶，姿態栩栩如生。

看著看著，他又有些不確定姑娘會不會喜歡這簪子。畢竟全硯城的茶花都渴望被她選中，能被簪在她烏黑的髮上。她有無數真的茶花，何必要一朵假的？

珊瑚簪子在寬厚的大手間轉啊轉，流蘇搖曳，發出細碎的聲響，紅色的光暈也跟著轉動。

她會喜歡嗎？

薄唇不自覺的上揚。

她不會喜歡嗎？

薄唇不自覺的垂下。

如果有人瞧見，肯定無法相信自己的雙眼，向來處事俐落、態度乾脆，多年來走馬隊沒出過一次差錯，他的人、他的名就是信譽的保證，甚至連雪山在面前崩塌，都不會皺一下眉的雷大馬鍋頭，竟會為了一根簪子陷入苦思，連飯菜涼了都沒發覺。

驀地，拍門聲響起，咚咚咚咚的拍得很急切，才把他的心神喚回來。

「誰？」他揚聲問。

外頭的人直喘，換了幾口氣，才能開口：

「馬鍋頭，我是王家茶莊的人。」

雷剛擱下箸子，走去開門，瞧見一個年輕人靠著牆喘氣，呼出的氣息都化做白煙。

「怎麼了？」他問。

「請、請您快跟我走一趟。」年輕男人說道，焦急得快哭了。

雷剛答得理所當然：

「這就走。」

王家茶莊裡，人人急得團團轉。主人王朗在冬天裡，額上還冒著汗，不斷用手帕擦了又擦，身上的衣袍也被汗沾濕，照理說冷颼颼的天，濕衣裳該是穿不住，他卻渾然不覺。

因為他的心比身體更冷啊！

瞧見雷剛大步跨進門口，他如見救星，癱軟在椅上的胖身子俐落的一挺就起，匆匆奔上前。

「發生了什麼事？」雷剛劈頭就問，毫不耽擱。

王朗也省了客套，哭喪著臉，把手帕絞出幾滴汗，跟著又再往額頭上抹。

「是、是茶葉出了問題。」他急著說。

「哪批茶葉？」硯城裡的茶葉，都是由雷剛運進來的。

「春季那一批。」

雷剛濃眉微擰。他經手茶葉多年，知道春茶最是昂貴，每次運送春茶時，他也最是小心。新茶進城之後被分為九等，在不同的地方曬了不同的時日，再被裝進不同的茶倉。

有人偏愛新茶，愛那剛摘取下不久的茶葉，浸了滾燙的熱水，再度嫩軟青澀，散發如少女般的幽香。

有人偏愛陳茶，愛那茶葉藏得愈久愈好，青黝黝的茶葉，泡成一杯暗色的茶湯，再慢慢品啜，還直說陳茶比陳酒更醉人。

「這次開倉，取了春茶販售，但客人買回去後全都來抱怨。」

王朗愁苦的說著，看著滿地被拆開後，又被客人退回的茶葉。

雷剛拿起一搓茶，放在鼻間聞著，濃郁的茶香竄入，鮮冽又芬芳，沒有半點霉味。

看來不是他運送時有錯，也不是茶莊處理時有誤。

「有哪裡不對？」

他擱下茶葉，重新站起身。

王朗差點就哭出聲。

「這批茶葉造反了！」

他的聲音跟哭也差不多了。

愁眉苦臉的僕人去端來茶杯跟裝滿熱水的水壺，先取了些許茶葉，擱在茶杯裡頭，提高水壺，熱騰騰的水沖進杯裡，冒出一陣煙，然後——

「燙！」

一片茶葉唉叫，跳出杯子。

跟著，又是一片茶葉。

「燙！」

更多的茶葉，全跟著唉唉叫。

「燙！」

「燙！」

「燙！」

「燙！」

一片又一片茶葉嚷著，迅速逃出茶杯，還努力搖晃，急著要把熱氣甩去。

王朗滿面哀淒，愁得都冒出不知多少根白髮了。茶莊裡沒人開心得起來，因為損失太大，他們的月錢，還有年終的分紅全沒了。

「您親眼瞧見了，這批茶葉全這樣，九等的茶都怕燙，一沖熱水就跳出來逃走，根本受不得浸潤，杯裡的水連半點茶味都沒有。」

王朗一邊說著，一邊端詳雷剛的臉色：

「是不是能拜託您，把事情告訴姑娘，請她——」

雷剛舉起手來，止住王朗的話，銳利的視線在屋內來回看了幾次。

茶葉甩去熱度後，都躺著桌案上，舒展好不容易能鬆開的葉片。

打開的袋子，還有嘗試失敗的杯子，擺得到處都是。杯子旁都散落茶葉，唯獨最靠近窗口、被寒風吹得極冷的角落，小几上放著樸素的陶杯，四周乾乾淨淨。

「馬鍋頭——」王朗又期期艾艾的低喊。

他沒有理會，走到窗邊低頭，拿起陶杯觀看。

杯子冷涼，茶葉在裡頭溫馴舒展，悠遊自在的上下舞動。雖是涼水，但杯中傳出的茶香不比沖泡熱水時遜色，甚至更勝一籌。

「這杯子是誰的？」雷剛問。

那個跑去找他的年輕小伙子慢吞吞的舉手，有些不知所措，就怕闖了什麼禍，會被痛罵一頓，甚至在過年前就被解雇。

「臭小子，你做了什麼？」

以為找到罪魁禍首，王朗五官扭曲，深吸一大口氣，擺開架勢，預備來一場痛罵。

「我、我什麼也沒做啊！」

小伙子一頭霧水，被問得膽怯不已，肩膀都縮了起來。

「你——」

寬厚的大手落在王朗肩上，阻止連串大罵。

「問題不在他身上。」

雷剛緩聲說道，雙眼直視小伙子，低沉的聲音裡盡是安撫：

「你喝的茶是冷的？」

小伙子困惑的點頭，不知哪裡出錯。

「店裡忙，我有時拿些不能賣的茶葉碎末，剛泡好又有事，等忙完之後茶就涼了，喝久也就習慣了。」

雷剛點點頭，晃了晃陶杯，茶香濃得誘人。

「這杯茶也是這樣泡的？」

「是。」

「用的是剛開倉的春茶？」

「咦？」

小伙子用食指摳摳頭，看到老闆雙眼圓睜，急忙解釋道：

「沒錯，但我用的是最低等的碎末，真的！真的是不能賣的那種！」

他害怕得臉色發白。

王朗卻沒有開罵，反倒握住陶杯，雙眼發亮的先用力聞了幾次，也顧不得先擦擦杯緣，拿起來就湊到嘴邊，小心再小心的啜了一口，用心的品嘗。

冷茶在唇齒間流動，先是一陣茶香竄腦，接著茶味透出，舌尖漸漸覺得甘美，伴隨淡淡氣息。那是春風、春花、春暖、春雨跟春陽的滋味，喝下這口冷茶，就像是喝下一整個春天。

而且，這還是用不能賣錢的碎末泡的！

「快快快，把最好的茶拿給我。」

他從絕望轉為興奮，急跳跳的奔走叫喚：

「用冷水，記得給我用冷水。」

用冷水泡過的上等茶葉，更是滋味悠長，勝過茶莊先前賣過的每一批茶。就連他兒時，祖輩嘆息說不曾遇過那麼好的年頭、那麼好的春茶所泡的茶湯，也不及他手中的這杯。

這批春茶原來是寶貝啊！

他要把這些茶都收好，先拿夏茶來賣，雖然這季會虧損一些，但是等到明年天熱時，就能賺進比小山還高的銀兩。

王朗用力拍著小伙子的背，樂得合不攏嘴：

「太好了太好了，你這法子救了茶莊，我可要好好賞你。」

小伙子唯唯諾諾，乍驚乍喜，還有些反應不過來，看見每個人都笑了，雖不太明白，但也跟著笑開，心中重擔一掃而空。

「馬鍋頭，多謝您啊。」

王朗熱切的說道，興奮的直嚷著：

「我讓廚師今晚大展身手，您今晚就留下吃飯，讓我好好答謝。」

雷剛搖頭，淡淡拒絕：「不用了，我家裡有飯菜了。」

說完，沒等王朗再挽留，他獨自走進冬風中，俐落的皮衣翻動，用牛筋束起的剛硬長髮如上好的鬃，飛揚在空中。

回到家中，映入眼中的，是桌上他先前擱下的珊瑚簪子。

雷剛重新坐下，單手撐著下顎，直盯盯的看著。

唉，真該在買簪子前就先想好的。

他換了個姿勢，用另一手撐著腦袋，黑眸半瞇，覺得從未遇到這麼困難的事情。

當初怎麼會那麼衝動呢？

腦中一想起她簪著這簪子的模樣，他就——

砰砰砰！

砰砰砰！

椅子還沒坐熱，門又被拍得直響。

這次來的是個獨眼的巨大青鬼，眼淚一滴滴的落下，哭得很傷心。它想要進門，但身體太巨大，嘗試幾次都卡在門上，只好放棄的坐在地上。

「嗚嗚嗚，馬鍋頭——」它哭著叫喚。

雷剛就陪著站在冷風中，耐心的聽青鬼訴苦。

「我住在雪山裡，跟琥珀池相愛有上百年了。以往琥珀池從不乾涸，前幾日才剛入冬，她卻被冰雪封住，凍得不能跟我說話。」

青鬼擦著眼淚，獨眼中充滿期待：

「能不能求你，把這件事告訴姑娘——」

「不用。」他倚著門回答。

「難道我跟琥珀池就從此分開嗎？」

青鬼抽噎著，眼淚愈來愈大顆，愈來愈急，很快就流進旁邊的水渠，甚至讓水慢慢漲了起來。

雷剛入門去拿刀，把舊鞋脫下，換上門旁的新鞋。舊鞋的底已被磨得光滑，行走雪地不方便，換了新鞋才好走山路。一如往常，新鞋不大不小，就是他的尺寸，雖然新但也不咬腳。

「我陪你回山裡去。」

他關上家門，對青鬼說道。

巨大的鬼搖搖晃晃起身，有點懷疑。

「你能幫我嗎？」它問。

「應該可以。」

「喔。」

青鬼遲疑的望了望木府的方向：

「如果不行呢？」

「我會替你想辦法。」

雷剛很篤定：

「帶路。」

連久居雪山的青鬼都知道雷大馬鍋頭一諾千金，說到絕對做到。它於是邁開步伐，笨拙的一步步往前走，離開小巷、避開大街，出了硯城後，直往琥珀池走去。

青鬼走的路徑，尋常人根本無法可走，雷剛卻輕而易舉、身手矯健的在冰凍的林木間行動，連氣息也絲毫不亂，沒有慢下半步。

雪山中寒意滲人，皮衣不夠保暖，他一聲不吭，逕自忍受下來。

當大雪覆蓋他的髮、他的眉、他的肩膀時，青鬼才停了下來，站在一面冰凍的水池旁，哀傷的慢慢蹲下，長毛的大手、短短的指頭，無限憐愛的撫摸池面。

「你先讓開。」

雷剛說道，全身沐浴在風雪中。他找到冰面最薄的地方，抽刀高舉，鋒利的刀面映著雪光，猛地往池面刺下。

驀地，池水洶湧而出，化作一個女子，隨著池水湧出，從小如拇指漸漸變大，直到如正常女子大小後，就淚汪汪的撲進青鬼懷裡。

「阿青！」

她從沒被困過，心裡害怕到不行，虧得是情人守在她身邊，不斷說話安撫。當他們都束手無策，最後才想到要去木府求姑娘。

她望著情人下山，忐忑的等了好久，沒想到來的不是傳說中稚嫩如十六歲的姑娘，而是個健壯的男人——不，男鬼。

「恩人，請問您是哪位？」琥珀池問道。

青鬼搶著解說：

「他是雷剛，雷大馬鍋頭，硯城裡的人跟非人都說，去求他就能快些見到姑娘。他聽了我們的事，沒有去木府，而是親自上山來救妳。」

琥珀池眨了眨眼，看著名聲幾乎跟姑娘一樣響亮的雷剛，萬萬沒想到在這麼嚴酷的天候下，他還願意出城，對它們出手相救。

「多謝雷大馬鍋頭，我們——」

「別急著道謝。」

雷剛淡淡的說道，沒有收起手上的大刀，微微頷首示意：

「請你們再後退幾步——不，再退、再退——對，就是那裡，站著別動。」

在青鬼與琥珀池的注視下，他再度舉起刀來，刀鋒急速刺下，最尖銳的地方分開冰面、池水，直直插入池水下的岩石。岩石應聲碎裂。他再用力刺得更深，碎石亂滾，隨著刀面散發的光芒被刀氣揚起，落在池邊堆如小山。

雷剛這才收刀，刀面沒有染到一滴水。

「我把池底多挖了三尺，確保水量充沛，不論再大的風雪，都不會再讓池面冰凍。」

既然來了，幫忙就幫到底，就此一勞永逸。

情侶千恩萬謝，感激得要下跪，他卻揮手拒絕。這類事情對他來說根本稀鬆平常，不過是舉手之勞，不收謝意，更不收禮。

青鬼說要送他下山，他回答記得來時路，轉身踏著複雜的山徑，走在沒有路的林木間，很快就看不見身影。

連家門都還沒進，又有事情找上雷剛。

有一個糊塗的醉鬼經過黑龍潭時，掉落了自個兒的墓碑。因為沉浸酒鄉太久，記憶老早消失大半，記不得回墳的路，地圖就刻在墓碑後頭，這下子地圖沒了，就坐在水潭邊哭。

哭聲連續幾天幾夜都沒停，也有人想幫忙，但畏懼黑龍，都不敢下水。

「雷大馬鍋頭，請你去求求姑娘，讓她叫喚黑龍，在水潭裡找一找。」

被哭聲騷擾的人與非人都這麼求他。

「不用。」

雷剛回答，跳入水潭中，來回搜尋好幾趟，才把墓碑找上岸，還把醉鬼送回墳裡。

有雪妖趁冬季到來，侵入某戶人家糾纏婦人的丈夫，不但冰凍了男主人，天天依偎在旁邊，還把屋內每樣東西都凍住，冷得讓人無法居住，甚至連踏入都困難。

婦人哭哭啼啼，去找雷剛求救，左手跟右手各抱著一個小娃兒，連髮絲都還凍得硬硬的，只有流出的眼淚比較溫熱，全抹在小娃兒臉上，就怕嬌嫩的肌膚被凍傷。

「雷大馬鍋頭，沒人能動那雪妖，求您跟姑娘說一聲，不然我丈夫跟家都被占去，天又愈來愈冷，我跟孩子都沒有活路了。」

婦人不在乎自己，卻無法不在乎孩子。

「不用。」

雷剛這麼說，提刀踏進冰凍的屋中，先是勸說，勸不動只好動刀，沒有砍死雪妖，只留下幾道傷，讓雪妖記得教訓，不敢再犯。

被人迫害的鬼、被鬼排擠的妖、被妖作弄的人，無路可走、無法可想的人與非人，都輪流來找他，每個都滿懷期望的說：

「能不能請您把這件事情告訴姑娘，請她出手幫忙？」

他都回答：

「不用。」

然後，每一件難事，他都幫忙處理妥當。

直到午夜過後，所有事情才告一段落，雷剛終於能踏上返家的路途。從回來到現在，他沒吃一口飯、喝一口水，髮梢還滴著水。

一陣薄雪落下，在他面前旋轉，雪中的身影從淡薄，漸漸變得清晰。

「你還真忙。」

斯文的聲音裡有著惡意的嘲弄。白袍落地，公子主動現身，還刻意擋住他回家的路，俊美的臉上有莞爾的神情。

雷剛火速抽刀，嚴陣以對，刀鋒發出光芒。

「別擔心，我只是以朋友的身分來對你說幾句話罷了。」

公子沒有動作，雙手垂在身側，好整以暇的看著他。

「我們不是朋友。」

雷剛冷聲以對。他深深記得不久之前將公子當作是朋友，卻差點傷害心愛女子的教訓。

公子彎唇笑著，不當一回事，若無其事的說道：

「我早就知道你愛多閒事，但比起以往，你管得也太多了吧？」

他一眼看穿，還要故意點破。

「你甚至捨不得讓她太忙碌，寧可獨自攬下大多數事情，對吧？」

嚴峻的五官動也不動，聲音更冷：

「我不會讓你傷害她。」

公子笑容不變。

「我知道。但是，她會不會傷害你？」

「省省你的口舌。」

他大刀一揮，刀刃卻只是劈開雪花，沒有碰到任何實體。

公子不在這兒，只是利用薄雪顯像。他不想打鬥，特意來尋找雷剛，為的是說話。

有時候，唇舌比刀劍更厲害，能砍中最重要的東西。

「你這樣替她忙碌，跟她用來當工具的黑龍、信妖、灰衣人有什麼兩樣？」

他的話語都散在風中，伴隨在薄雪裡，圈繞著雷剛飛轉。

「我是自願的。」

「或許是她讓你認為你是自願的。」

雷剛不說話，堅定的眼神裡，沒有半點懷疑。

「你認為她是真心愛你嗎？」

公子問道，笑容可掬，眼裡是深不可測的惡意。

「你也知道規矩，五十年其實很快，到時候你願意被犧牲嗎？」

「不用你提醒，我早就有覺悟了。」

愛上姑娘之前，他就已經知道責任者最在乎的，期滿就將被犧牲。但是他無法阻攔愛戀，決意成為她的奉獻。

「真是癡情。」

公子讚嘆著，最要緊的話語留到此時才說：

「但是，她有沒有告訴過你，她早已嫁過，嫁給一名大妖？」

雷剛的刀鋒未動，薄唇緊緊的抿著，雙眸變得很黑很黑，黑得看不到半點的光。

他不動聲色，就如一尊雕像，不論人與非人，甚至成魔的公子，都看不出他的心思。

「她告訴過你嗎？」

公子的聲音很柔和，話語卻無比惡毒：

「如果沒有的話，就去問問她，記得，要問得仔仔細細，問出來龍去脈，看你心愛的女人究竟隱瞞了什麼。」

俊美的容顏崩落，起初是一小塊、一小塊，最後全散成薄雪。

穿著白袍的男人消失，只剩語音迴盪。

去問問她。

要問得仔仔細細。

你心愛的女人，究竟隱瞞了什麼。

隱瞞了什麼。

隱瞞了什麼。

隱瞞了什麼麼麼麼麼麼麼麼麼——

當薄雪都消失，雷剛才收刀，不再維持警戒的姿勢。他一步又一步踩在融化的雪上，步履沉穩，神情也沒有改變，就這麼走回家，關上門扉，在桌前坐好。

珊瑚簪嬌豔的躺在那兒，紅潤得像是心愛女子的唇。

雷剛看著簪子，思索了許久，最後才把簪子仔細放回袋子裡，拿到枕頭下面收妥。他換了衣裳，睡在新做的被褥裡，疲倦的閉上雙眸，快要睡著之前，才猛然坐起身來。

他忘記該吃飯了。

穿著睡衣的雷剛，稍微吃了一些，把剩下的收拾乾淨，才又走到床邊。

他掀開枕頭，確認簪子還在。

然後，他緩慢躺下，重新蓋上被褥，很快的就入睡了。

只有他自己，知道他夢中有什麼。

玖

山藥（上）

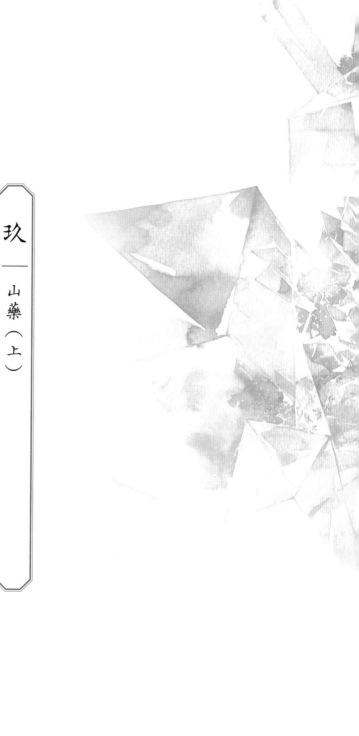

有個低垂著頭、穿戴著斗篷，從裝扮跟長相都分不出男女的人，逆著寒風前行，在硯城裡走動，雙手還環抱在胸前，護著一個布包。

穿過四方街廣場時，賣油炸豆皮捲的小販眼看天冷路滑，出來的人少得多，以往日日有人排隊，今日天都快黑了，還賣不到平時的一半，好不容易見有人走過，忍不住出聲招呼：

「豆皮！現炸的豆皮，捲香菜、豆芽、肉絲還有花生粉，咬著脆、吃著香，包管您吃了想再吃咧！」

他揮舞著長筷子，口沫橫飛的說著。

那人在攤子前略略停下腳步，瞥過來一眼。

「瞧，這金黃酥脆的顏色、這香噴噴的氣味，人人都愛吃豆皮吶！」

冷冷的天，別的攤子早收了，只剩他不甘心，想在天色全黑前多賣幾卷豆皮：

「客人，您也來一卷吧？」

那人嚥了嚥口水，很想大快朵頤一番，無奈有任務在身，連吃的時間都沒有，只能搖了搖頭，舉步就要離開。

剛踏出一步，又覺得不捨，一路緊閉的嘴這時才張開：

「你賣到什麼時候？」

「天黑前都在這兒。」賣豆皮的小販回答。

「那你等著，我去辦些事情，天黑前就回來，到時候剩下的豆皮捲我都包了。」分不清男女的手，拿出一錠雪亮亮的白銀。

小販樂極了，從沒遇見這麼闊氣的客人，連忙把沾油的雙手在衣服上抹了抹，才把銀錠捧過來。銀錠很沉，絕對不低於五兩，他還是頭一次把這麼重的銀兩捧在手裡。

「好好，我先幫您炸起來，放在鍋邊溫著，等您回來一咬，還是滿口熱。」

他殷勤的說著，把銀錠往懷裡擱著，沉甸甸的壓在胸上，心口好踏實。

「不用，先別炸，先炸放著就軟了。」

那人阻止，顯然對食物要求不低。

「我愛吃現炸的，你維持整鍋油滾燙就好。」

做生意的永遠顧客至上，何況還是個慷慨的顧客。

「知道了！」

小販用力點頭，笑咧著嘴，雙手猛搓滿是油漬的圍裙：

「我就在這兒等著。這天冷難走，您別趕，我一定留在這裡。」

那人點點頭，穿過蕭瑟的廣場，走向一條大路，走了不久之後又拐進一條小路，最後在一戶人家門前停住。

門裡頭傳來歡笑聲，有男人的、婦人的，還有小娃兒的牙牙學語，跟出生沒多久，嬰兒的嚶嚀聲，是個和樂融融的家庭。就算天候冷著，但一家人能團聚，就覺得暖了。

那人伸出手，拍了拍門板，也沒叫喚，只是拍了又拍、拍了又拍，直到木門被打開。

來開門的是男主人，因為被打擾，在屋裡頭高聲問了幾次，來人也不答話，光顧著拍門，拍得他剛出生的女兒都被吵得哭了，讓他心疼不已。

「做什麼？」他氣沖沖的問。

「送信的。」

那人打開懷中布包，拿出幾封信的其中一封，遞給男主人。

「信？」男主人一頭霧水。

「天黑後再打開。」那人說完就轉身離去。

風漸漸加強，送信者卻渾然不覺，腳步很有節奏，一步一步的走著。分岔的小路裡有許多小巷，他慢條斯理的走著，早就把硯城中的路徑記得滾瓜爛熟，無論再偏僻的地方、再難找的住戶，他都能找到。

小巷裡頭有幾條見不著陽光，比外頭天黑得更早些。但是這兒的住戶不知怎地都沒點火，屋裡昏暗不清，也聽不到什麼動靜，更別說是談笑聲了。

那人在一戶門前站住，裡頭黑漆漆的，彷彿是個空屋。

照舊，送信者舉起手在門上拍打，持續的、有耐心的拍。

屋裡頭開始傳出嗚噎聲，又輕又柔，小小聲的卻很明確，聽在耳裡就像是一根冰冷的手指，輕輕的、輕輕的觸摸後頸，令人毛骨悚然。

送信者置若罔聞，繼續拍打木門，節奏半點不亂，顯示出無比耐性，即使鬼哭聲愈來愈大、愈來愈淒厲、愈來愈刺耳，他還是拍著門。

方法用盡的鬼終於無計可施，恨恨的衝出來，嘩啦的一把將門推開，披散的頭髮後頭，雙眼紅通通的，氣恨的直瞪著來人：

「不論你賣的是什麼，我都不需要！」

鬼怒吼著。它最厭煩來敲門兜售的小販，因為它什麼都不需要，最想要的如今已不能要。

它用這招嚇退小販，幾乎是百試百靈，如今卻被逼得非要來開門不可，氣得它臉色更青、雙眼更紅，鬼氣逼人。

「我不是賣東西的。」

那人半點都不怕，很冷靜的說。

「那你拍什麼拍？非讓我起來不可嗎？」

它這些年來，連動都懶得動了。

「是。」

那人從布包裡，再抽一封信：

「這是你的信。」

鬼的眼睛差點掉出來，大聲嚷叫著：

「送錯了！我跟人與非人都沒有來往，不可能有信給我。」

它厭惡的說。

「不，這信就是給你的。」送信者很堅持。

眼看不收信，那人就一副非要站在門口的模樣，就算站成一棵樹也不肯罷休。

鬼為了圖個清靜，不甘願的用彎長的指甲把信挾過來。

「天黑後再打開。」

送信者囑咐後，終於抬起腳來，離開鬼的住處，往小巷最深處走去，不一會兒就消失在暗巷中。

鬼拿著信，搔了搔亂髮，轉身進屋裡去，慶幸再沒有人來騷擾。

硯城裡的屋宇大多用泥磚建築，牆面會刷上混了漆的白粉，比例還不能錯，要抓得準確、刷得均勻，牆刷出來才會好看。屋頂上蓋灰瓦，屋裡會用上不少木料，有錢的人家就用得精緻、沒錢的人家就用得簡單，地面則都鋪著五色彩石。

在屋子跟屋子之間，有道看不出的縫隙，那人卻很輕易踏進縫隙裡，身軀扁得不能再扁，與其說是走動，不如說是流動，從這個縫隙溜到那個縫隙，悠遊在扭曲的縫隙間。

最後縫隙變寬，濕潤的泥磚裡被闢出一個空間，裡頭小橋流水、庭院花草扶疏、景色優美，還座落著一間雅致小屋，尺寸雖小但樣樣俱全，有如世外桃源。

送信者也縮得很小，走到小屋門前舉手拍門，力量不輕也不重，就是拍得很響亮，屋裡聽得非常清楚。

這次沒拍多久，裡頭就有和善的聲音說道：

「來了來了，請稍等。」

腳步聲由遠而近，身穿綠色衣裳、身材圓滾滾的富態女子匆匆把門打開，微笑的問道：

「請問您特地到寒舍來，有什麼貴事？」

泥磚裡就是她的家，她跟丈夫平常都住在這裡，只有雨季時才會出去。小屋僻靜難找，訪客當然就少，平均差不多五年才有一位，她自然相當歡迎。

「我找妳丈夫。」那人說得直接。

女子有些錯愕，沒想到對方會這麼無禮，擺明了不跟她談話，甚至連客套幾句都沒有，直言就是找她夫君。她尷尬的點點頭，退回屋裡頭去。

過不了多久，身穿亮紫色衣衫，比妻子胖了兩倍的男人走來到門前。

「客人光臨，有失遠迎，實在抱歉。」

他拱手做揖，滿身滿臉都肥潤潤的，下巴格外肥大，垂得連頸子都看不見，臉上有一道舊疤，因為臉重得下垂，所以疤痕也被拉開了些。

那人完全不理會，拿出布包裡最後一封信，遞到紫衣男人面前。

「收下。」

「請問，這封信是哪位寫來的？」

紫衣男人拿著信，很有禮貌的又問，說話時雙頰鼓動。

「看了就知道。」

送信者沒有回答，照例吩咐：

「天黑後再打開。」

說著，身軀又扁了下去，頭也不回的順著縫隙離開。複雜的縫隙對那人也沒有影響，半點都沒有走錯，從哪個地方進去，就從哪個地方出來，抽身站在小巷深處時，身體又彈回原狀。

任務完成，那人惦記著跟小販的約，腳步變得輕快，趕在天黑之前就回到四方街廣場，朝著滾油的香味走去，饞得直流口水。

小販冷得厲害，聳著肩膀直抖，連懷裡揣的銀錠都涼了。

看見久等的顧客出現，他的精神都來了，揮舞著長筷子，準備好好施展炸豆皮的技術，連寒意都感覺不到，笑得都看不見眼睛了。

「客人，等您好久了。」

他吆喝著，連忙把桌椅擺好，特意把桌子擺在油鍋後頭，讓客人能瞧見他熟練的手藝。

「我這就開始替您炸豆皮。」

長筷子挑起一張薄薄的、淡黃色的軟豆皮順勢溜入滾油，滋啦滋啦的直冒泡。

那人把斗篷脫下，擱在椅子上，將兩手的袖子都捲起。

「不用，我習慣自己來。」

小販有些詫異，更多的是不服氣。他炸豆皮多年，硯城裡誰人不知、誰人不曉？攤子雖然小了點，但是名氣大啊，往來的客人都誇讚呢！

他挾起金黃酥脆的豆皮，耐著性子沒發火，看在懷裡的銀錠份上，臉上勉強擠出笑容，轉身勸說道：

「客人，這樣吧，您就先吃一口，一口就好，絕對——」

話沒說完，他就嚇得鬆手，脆脆的豆皮落地就碎。

藏在斗篷下的，竟是一顆暗綠色、形狀成倒三角、雙眼大到不成比例的大蝗蟲腦袋，頭上長長的觸鬚在風裡抖動。尋常蝗蟲嘴小，牠這隻大蝗蟲嘴當然就大。

這會兒牠正笑著。

「我不愛吃豆皮。」

大手變回尖銳堅硬的前肢，嗖的刺進小販的眉心，順勢往下壓，直到小販的身子後弓，腦袋整個浸入油鍋中。

等到火候差不多了，牠小心翼翼的把腦袋勾出油鍋，顧不得燙，也不管直滴油，迫不及待的就咬下去，酥酥脆脆裡頭還有漿，吃得牠銷魂不已，連啃了好幾大口，先解了饞後，才吐了一口氣，笑笑的說道：

「我自己炸的真好吃。」

當蝗蟲吃得不亦樂乎時，天色徹底變黑，夜晚降臨了。

每一封牠先前送出的信，這時才顯出字來。

黑膩的黏稠汁液透出紙張，一顆又一顆的浮起，在信的上方浮現一行字，腥臭得讓人無法忽視。

記得夫人的恩情嗎？

木府裡頭，風雪不侵。

姑娘剛吃過晚膳。因為晚餐裡有一道菜，是按照左手香的配方做的藥膳，不但能滋補人，也能滋補鬼，她用這個藉口，派信妖去把雷剛請來，一塊兒用餐。

撤下殘羹剩肴後，灰衣人送上糖炒栗子，濃濃的香氣裡，帶點微微的焦糖味兒，炒到這時最是好吃。

兩人隔桌而坐，姑娘等栗子涼了一些，才用粉嫩的指尖去拿。去殼的栗子，外頭還有一層薄膜。她連薄膜都不讓雷剛吃，非要一顆一顆親手撕得乾淨了，剩下香軟鮮黃的栗仁，才餵給他吃。

他吃了幾個就不肯再吃，握住她的小手。

「別剝了。」

「為什麼？」

她歪著小腦袋，雙眸中柔情似水：

「你不是最愛吃栗子的嗎？」

每年秋季長得最好的栗子，要飽滿無蟲咬，大顆又甜潤，才有幸跳進擺在石牌坊外的竹籃裡，競爭得很激烈。還好栗子們愛惜好不容易長成的果實，不然非得在帶著尖刺時，就先打過好幾輪。

「不想讓妳燙了手。」

雷剛帶繭的大手摸著她的指尖，靠過去吹了吹，想要降點熱度。柔嫩指尖比先前紅了些，讓他無比心疼。

姑娘粲然一笑：

「不要緊的。」

「要緊。」

他握緊她的手：

「對我很要緊。」

「但是涼了就不好吃了。」

愈是這樣，她愈是想剝給他吃。

「那我來剝。」

他伸出另一隻手，給她看皮粗肉厚的指掌：

「我不怕燙，可以剝給妳吃，自己也吃，不然就這麼放到涼。」

她輕咬著唇，想要嬌聲抗議，但心頭的甜讓她心軟，嘴也軟了：

「好。」

就這樣，剝栗子膜的人變作是雷剛。

黝黑的雙手雖然大，但動作很俐落，輕易就撕下薄膜，一小部分餵她，直到她說吃不下了，他才剝來自己吃，後來懶得講究，乾脆連薄膜都放進嘴裡，一塊兒咀嚼。

「雷剛。」

姑娘喚著，捧起茶遞過來。

「嗯？」

「你有事瞞我。」

這句話是肯定，不是疑問，讓他猝不及防，滿口栗子差點噎住，連忙接過她捧到眼前的茶，分幾口灌下去，好不容易才緩過來。

「沒有。」他答得很快，掩飾心虛。

「說謊。」

她負氣的腿兒一伸，繡鞋踏上地板，嬌嬌的跺腳，咬著唇瓣轉身，對他伸出手來：

「你為什麼不把簪子送我？」她質問。

聽到是簪子的事，雷剛的心中有某些東西落了地。

原本他以為不會在乎，卻因為愛戀得太深，所以難以忘懷。

「妳怎麼知道有簪子？」

他故意反問，第一次隱瞞了她，沒有將疑問說出口。

「信妖說的。」

她伸出小手，就是要討到手。

「它說去找你過來時，從窗戶瞧見你盯著一根簪子自言自語，瞧得都出神了。」

她等了又等，始終等不到他拿出簪子。

「簪子是有的。」

雷剛慢條斯理的說，看著她粉嫩嫩，還有一絲稚氣的臉兒：

「但是，我沒說要送誰。」

她小嘴半張，難得愣住了。

「那你要送誰？」

「留著。」

「留？」

幾乎知道天地所有秘密的姑娘，好久好久沒有過困惑的情緒：

「留著做什麼？」

他慵懶的恣意伸展健壯偉岸的體魄，擺出認真的表情：

「自己用啊，瞧妳的簪子那麼多，所以我才去買了一根來，學妳簪著好看。」

他捉弄的說著，欣賞她難得出現的神情。

那是明知被戲弄、想要一笑置之，卻又偏偏不甘心，有些焦急的模樣。

她想了一會兒，才恢復平靜，有些狡黠的一笑：

「那，我跟你用換的，好不好？」嬌小的身子走過來。

「拿什麼換？」

芬芳的氣息撲面而來，柔軟的雙手圈繞他強壯的頸項，交纏在他髮根處，嬌軟輕盈的身子在他身上坐下，恰恰適合他的懷抱。

她湊上前，在他久歷風霜的臉上印下一個輕吻。

「用這個換。」

聲音小小的，只有他能聽到。

雷剛險些要被說服，但瞧著她的嬌羞，好不容易強忍下來，用嘶啞的聲音回答：

「不夠。」

她低下頭來，貼著他的胸膛，過了一會兒才抬頭，雙眸水潤，輕輕湊上前來，模樣生疏，不僅是羞怯，甚至是隱藏不住的膽怯。嫩嫩的唇貼住薄唇，就沒有再動。

他動情的抓住她，將她抱得更緊，薄唇廝磨著她的柔嫩，飢渴的神智只想要更多更多，直到她完全屬於——

突然，姑娘點住他的胸膛，讓他動彈不得，雙頰紅潤的她，轉眼就脫離他的懷抱、他的熱吻。

「不可以。」

她小聲的說，轉開視線。

雷剛全身僵硬，很緩慢才逐漸放鬆，黑眸望著她。往常她說不可以時，他就會停手，沒有更進一步，也沒有多問。

如今，疑問卻竄上喉嚨，就要吐出舌尖——

陡然之間，地面晃動了一下。那震動不大，卻連木府內都感受得到。

姑娘抬起頭來，恢復從容，往濃濃夜色望去，脆聲下令。

「信妖。」

薄紙飛來，先前沒聽到庭院裡的聲響，直到姑娘叫喚，它就聽得清清楚楚，立刻趕來報到，一瞬都不敢延遲。

「您有什麼吩咐？」

「把黑龍找來。」

啊，那隻臭泥鰍！

信妖偷偷做了個鬼臉，剛要出發時，聽見姑娘又說了一句：

「到雪山下跟我會合。」

＊

晃動的中心點，站著不是別人，就是公子。

不是幻影，就是他本人。

溫潤如玉的雙手，因為剛剛自挖胸口，沾滿黑色的腥臭液體。方才，他把先前就準備好、從一個娃兒身上緊繫多年，被洗得有些薄透的精緻手絹擱在地上，淋滿他的血。

那是夫人的手絹。

他的妻子多麼善良，要他幫助了許多人與非人。當初，那娃兒被鬼所纏，將鬼驅逐後，小娃兒還哭個不停，她就將手絹仔細的綁在娃兒手上，從此再沒惡鬼敢靠近。

手絹上頭留有她的痕跡，雖然稀薄，但已經足夠。

而他的血裡，有姑娘的血。

封印是姑娘設下的，倘若她是一般的責任者，血就沒有太大用處。但是她是神族，屬於她的神血能引導去往封印之路。少少的血，只能引起非常短暫的反應，他說什麼都不能錯過。

黏液浸透手絹時，一道紅色的光亮起，硯城也為之晃動。

「看見了嗎？」

公子冷聲問道，胸口的傷口很快癒合，連衣衫也恢復潔淨。

恭敬的站在一旁、被燒得僅剩骨架的燈籠，吐出一口又一口的黑煙，敬重的回答：

「看見了。」

它從破開的嘴裡，吐出最後的一絲火苗，照亮又被藏起的路徑。黑龍燒得它徹底焦黑，離死只剩一步，它勉強撐著，就是為了這一刻，替尊敬的偉大主人照路。

「好。」

雖然只有一個字，但燈籠死去時，已覺得無比榮幸。

在公子的身後，有一個人、一個鬼、一個妖。當公子如飛箭般沿著火苗之路疾飛時，他們也被牽引著，在迎面的強風中，經歷無比的痛苦，卻都忍著一聲不吭。

火苗之路的盡頭，是雪山之下一個隱蔽的角落。火苗圈繞著那處，支撐到公子到來就徹底熄滅，留下微微融化的雪痕。

公子蹲下身來，用手覆蓋著雪，唇邊露出衷心的笑，甚至笑得有些抖顫。為了這一刻，他經歷過無數磨難，但比起能見到愛妻，即使再苦億萬倍，他也甘之如飴。

「等我。」

他輕聲說著，無比溫柔、無比深情：

「再等一等就好，我們就要見面了，妳再也不需被困住、不必被消耗，從此可以自由。」

站起身後，公子揚起長長的衣袖，指向顫抖的男人：

「從你開始。」

男人深吸一口氣，拿出利刃，懸宕了一會兒，然後朝另一手的手腕劃下，切斷那處的血管，鮮血滴染雪地。害怕後悔，所以他割得很深。

「我受過夫人的恩惠，願意獻出我的血。」他說。

鬼接過染血的刀，知道逃不出公子的掌握，只能乖乖就範，跟著劃開手腕，重複男人先前所言。

「我受過夫人的恩惠，願意獻出我的血。」

鬼血滴在雪上，淡淡的，很稀薄。

告別妻子的紫衫男人，鼓足勇氣前來，在惦念夫人恩惠之外，也擔心如果不從，連妻子都會慘遭公子毒手。與其夫妻都送死，不如他獨走黃泉路。

「我受過夫人的恩惠，願意獻出我的血。」

獻出血液後，肥大的身軀頹然倒落，紫衫恢復成皮，是隻修練成精的紫蛙。

公子彎彎的指甲在皮膚上切出一道傷口，黑色的黏液湧出，也滴落在已被鮮血浸潤得融化的雪上，很快的跟著滲下，穿透終年不化的冰雪，直達最底處。

人的血、鬼的血、妖的血、魔的血——

還有封印者的神血。

都齊全了。

五種血液以不同的速度流到雪下的岩石，當彼此相溶的時候，散發出灼熱的溫度、刺眼的光亮、強勁的風，方圓三里的積雪轟然爆裂開來，連雪山也搖搖欲墜。

公子在原處，低頭露出渴望的、憐惜的、深情的神情。

原本被積雪掩埋的地方，露出一個偌大的坑洞，洞中依稀能見到身影綽約，就是它朝思暮想、沒有片刻忘懷的愛妻——

當姑娘趕到時，封印已破。

拾

山藥（下）

「住手！」

脆聲喝令，凌空傳來。

綢衣飛舞，長髮飄揚，繡鞋在公子身後輕輕的落地。綢衣在夜色中散發著光澤，映照嬌美的容顏。她連一絲髮都沒亂，唯一不同的是語氣不再柔和，變得冷若冰霜。

「妳不能阻止我。」

公子沒有回頭，仍注視著洞穴：

「任何人與非人都不再能囚禁她，她的犧牲到此為止。」

身後的光亮讓陰暗的洞穴亮了起來，看得更清晰。

沒有眨眼的雙目，終於在相隔三年多後，再度看清妻子的容顏。

她一如分開的那日，柳眉彎彎、衣著雅致，髮間的金流蘇一動也不動，連那日簪在髮上的花都維持鮮妍，彷彿還能聞見剛採下的芬芳。唯獨她的雙眸閉著，睡著了一般，等待被喚醒。

他舉步維艱，朝洞穴踏入一步、再一步。

難解的事情出現了。一入洞穴，站在最深處的妻子陡然出現在身邊。他伸手去碰，只摸到冰冷光滑；再進一步，妻子又出現在另一邊，伸手去觸碰時，同樣又冷又滑。

突然之間，無數的夫人同時出現，包圍著公子。

他凝神一看，終於看清洞穴內部時，憤怒的咆哮響起，不但傳出洞穴，還驚得趕到的信妖後退一步。

「妳做了什麼！」

黑龍直挺挺的站著，望了姑娘一眼，沒有張口去問，篤定很快就能知道答案。他一邊想著，一邊觀察四周，沒想到封印的範圍會這麼大，很難想像是有多大的能力，才能設下這麼大的封印。

即使封印已破，殘留的力量卻還在。

相比之下，先前困住他百年的七根銀簪根本微不足道。

咆哮聲如似泣血，在洞穴中迴盪。公子失控得無法維持人形，長髮化蛇、額上生角，眼窩深陷，長著獠牙的血盆大口裡，吐出的聲音從咆哮漸漸轉為哭聲。

他伸出手去，卻無法碰觸愛妻。

洞穴裡滿是水晶，夫人被封在水晶柱裡，他起先用力的刮，但是水晶聞風不動，連痕跡都沒留下。只有他的淚滴在水晶柱上，腐蝕出一個個洞。怕傷害到妻子，他抹著淚，一步步退開。

「不要搬動她。」

令他最惱恨的聲音，從洞穴外傳來，平靜的宣布：

「她已經跟水晶融為一體，要是水晶斷折，她也會跟著斷裂，非但不能自由，還會即刻死去。」

公子跳出洞穴，雙眼噴冒怒火，爪掌踏步時，震動硯城內外。

「我要殺了妳！」

姑娘搖頭：

「你嘗試過，也失敗了。」

「我會再試幾十遍、幾百遍、幾千遍，讓妳從裡到外都痛苦到無法忍受，哭喊著求我，要為我釋放她。」

她雙手一攤，無奈聳肩，隨著綢衣的移動，被逼退的積雪緩慢的爬上赤裸的岩石，堆得如先前那麼厚，逐漸縮小範圍。

「我不會那麼做的。」

姑娘耐心的說，看似毫無戒備，其實非常慎重：

「當年，你會將上一任的犧牲封印在南牆下，是因為感受到那兒有缺損。如今，我把夫人封印在這裡，理由相同，是因為雪山病了。」

「咦？」

信妖在危機中，還是忍不住脫口問道：

「山也會生病？」

當然，問的時候，它的眼睛還是盯著公子的。

「對，雪山更是病得不輕。」

她淡淡說著，纖嫩的指尖伸向洞穴的方向：

「那是雪山的底處，也是病源所在。」

當初她親手佈置，才能將效用發揮到最大，止住從雪山之巔，一日又一日的崩碎。

眾人身後傳來低沉的男聲。

「所以，夫人就是山的藥？」

雷剛問道。他對雪山地形瞭如指掌，雖然來的慢了些，卻還是追上黑龍等人的腳步，在雙方對峙時趕到。

姑娘回過頭，錯愕盡顯在臉上。感受到震動時，她太過心急，想搶在封印破解前趕到，忘了在離開木府前封住雷剛的行動。

「你不該來的！」

她最想保護的人，就是他。

「妳在這裡，我就必須來。」

雷剛沒有看她，手中緊握大刀，上前跟她並肩而站。這是屬於他的位置，不論面對的是什麼，他都不打算退讓。

簡單的話語，就是他的真心。

她腦中飛快的想，要讓信妖逼雷剛離開，卻又知道此時此刻不能分散戰力，也不容許分心。公子殺不了她，但曾經傷了她，不能等閒視之。

被眾人忌憚的魔物注視著水晶洞，一聲又一聲，失魂落魄的反覆呢喃：

「山的藥？山的藥？妳把她當成山的藥？」

冷風滲入呢喃，吹過的每一棵樹，都因絕望而枯死。

「讓我再設下封印。」

姑娘勸著，感受到魔物的抵抗隨著意念減弱：

「退開，我就不傷你。」

現在不傷，但封印完成後，她的承諾就會作廢。

「不，我不走。」

巨大的背影延伸陰暗，又踏入水晶洞中，擁抱鑲住夫人的水晶柱。他褪去兇惡的魔物模樣，恢復成當初迎娶她、寵愛她的俊美樣貌，用手一遍又遍的撫摸。

「我留在這裡，哪裡都不去。」

他輕哄保證，聲音溫柔，是說情話的口吻。

「妳冷不冷？」他問著，用白袍覆蓋水晶柱：

「別怕，我抱著妳，很快就能暖起來。」

如果水晶能像冰一般融化，該有多好？

「妳聽得到吧？」

他希望是這樣的，卻又有些懷疑：

「聽得到嗎？聽得到嗎？我好想知道妳是不是能聽見我現在所說的、跟之後要說的話。我還有好多話，來不及對妳說。」

真摯的深情，低低呼喚，在水晶洞中迴盪，引起一次次的回音，像是同一句話就說了許多遍。

那聲音、那模樣，連信妖都為之動容。

「姑娘，能不能把公子跟夫人埋在一起？」

它心軟的求情，見到可怕的強大敵人因妻子而軟弱，完全無視他們的存在，別說是攻擊，反倒可憐起這對夫妻了。

姑娘的回答很果斷：

「不能。」

封印不能有汙，就如同藥物裡不能滴入毒物。她不會冒險，讓藥效受到一丁點兒的影響。

心念一動，她綢衣的袖裡垂落各式各樣的繡線，在地上交織出各種花樣，鋪遍每一寸岩石，柔軟而平整，又厚又舒適，還滑到她的繡鞋下，小心翼翼的支撐著，把最美的花樣保留在她腳下。

最後，繡線才流進洞穴中，從公子的雙腳往上爬，一圈一圈的纏繞，強制分開公子與水晶柱，圈繞他的身、圈繞他的手、圈繞他的頭與臉，將被纏繞如繭、毫無反抗的公子往外拖去。

在離開水晶洞前，繡線圈繞的繭中洩漏出一句讓星兒聽見，也會哀傷墜落的低喊：

「雲英——」

最絕望的聲，喚的是夫人的名。

那名字，只有身為丈夫的公子能呼喊。

水晶柱中的夫人無聲的流下淚，連綿十三峰的雪山從內而外的猛烈搖晃，像是底部最脆弱的地方，受到嚴重的傷害，山巔的積雪崩下一大塊，不偏不倚的轟然往鋪滿繡線的地方砸落。

「糟糕！」

姑娘低喊一聲，臉色乍變：

「她醒了！」

那聲叫喚，讓沉睡中的夫人從長長的夢中醒來。她雖然不能動彈，卻也無法忍受丈夫受到折磨。

她傷心，被她治療著的雪山也跟著傷心，落下的大量積雪，就代表著整座山的淚。

微小連接強大、脆弱在堅硬之內，被稍微碰觸，就引發連鎖效應，最後變成勢不可擋的結果。

黑龍竄到半空中，恢復原本模樣，龍身圈繞住大部分的積雪，只讓少部分的雪落在姑娘的四周。他低頭望見木府的主人、硯城的主人被雷剛護在手臂下，水眸裡漾出明顯怒意。

真難得，她竟也有藏不住怒意的時候。

轟隆！

又是一聲巨響。

第二波積雪落下，比第一波更多、更猛，從黑龍背上翻滾，執意要砸中目標。

信妖不敢退縮，衝上來在黑龍下方延伸再延伸，撐開來承接第二波落雪，因為落雪的勢子太強、份量太重，它被砸得痛叫出聲，都凹陷下去了，驚險的就要碰著雷剛抬起的手臂。

它撐得很緊，猜測要是碰著雷剛，會比碰著姑娘死得更慘。

拜託啊，千萬不要再來第三次，不然——

好的不靈壞的靈，連想想也出事。

轟隆！

第三波雪來了。

萬年以來，雪山之巔首度暴露在外，形如展開的扇。積雪推擠黑龍，龍爪沿著山上厚厚的雪壁，留下又深又長的刮痕；信妖被黑龍與落雪再擊，只勉強支撐了一下下，就崩潰了。

在被積雪深埋的前一瞬間，姑娘揚起衣袖，綢衣散落開來，無止盡的鋪蓋，翻舞如浪，光澤閃耀得像有百個月亮，把月光都溶在綢衣上。

原本足以淹沒硯城幾百尺深的積雪，在觸及綢衣的時候，陡然之間消失不見，連半片雪花都沒有留下。

掉落在地面的，只有信妖，以及黑龍的人形。

當綢衣收捲回去後，滿地繡線消失，被圈繞如繭的公子正面帶微笑的看著俏容森冷的姑娘。

「這都在你的計畫之中。」

智者千慮必有一失，她沒有料到公子會故意示弱，用悲情喚醒夫人。夫人與雪山息息相關，夫人會保護丈夫，雪山從此不受控制，變成敵人。

「妳不會以為同樣的招式對我有用吧？」

公子稍稍一頓，故意想了想：

「對了，在妳中計之前，我們說到哪裡？喔，我想起來了，我說要殺妳。」

他笑容變得猙獰，一手探進袖中，極為緩慢的拿出一樣東西。

那是一個殞鐵為柄、金鋼做面的斧，斧面上淺刻著古老的文字。

「還記得這個吧？」

他把玩著斧，在銳利的邊緣吹了一口氣，連魔氣都被一分為二。

姑娘嬌小的身軀，僵硬得比積雪更硬。她往後揮手，沒有回頭，聲音裡藏不住焦急與恐懼，疾聲下令：

「帶雷剛走！」這是她最深的恐懼。

不行，她不能讓他知道，還不能——

為了不讓雷剛知道，她寧可獨自面對足以致死的可能。

信妖捲起雷剛，立刻就想逃，卻駭然發現這男人的意志居然強烈到可以阻止它的行動，甚至在它的包裹下還能移動，執意要走近姑娘。

「我要留下！」他大吼。

「不行！」

公子揮出手中的斧。

鋒利的邊緣在四周劃出閃亮的軌跡，把夜色劈開一道縫，洩漏進日光。

「全都留下吧！」

凝笑聲響起，帶著惡氣說道：

「妳的神血最先替我找到的，是妳五百年前設下的封印，力量已經很薄弱。」

飛斧遊走，脫離旋轉的軌道，在夜色中疾飛，切劃一道道裂縫。黑夜即將被毀去，倘若從此只剩白晝、沒有夜晚，硯城的人與非人在純粹的白晝下，都將漸漸毀去，硯城終將被廢棄。

情況危急，但是姑娘已自顧不暇。

她聽見公子的聲音。

「雷剛，當初她就是用這把斧將大妖釘在封印裡。」

他笑聲嘹亮，說著最最有趣的事，看著她蒼白的臉色：

「你知道那個大妖是誰嗎？」

綢衣飛揚，直擊公子，攻勢凌厲。

「閉嘴！」

不能說！不能說！不能說！

飛揚的綢衣，飛斧攔截，輕易切割開來，從綢袖的最末端直直劈向她僵冷的臉兒。斧上有著強烈、純粹的恨，飢渴的要接近她。

黑龍從未想過，從容淡定到惹人厭惡的姑娘，竟會如此狼狽。

而公子所言，更讓他訝異。

陣陣刺耳笑聲伴隨利斧的飛嘯，清楚的傳進他耳裡。身旁的雷剛不聾，自然也聽得一清二楚。

「那個大妖，就是她的丈夫！」

雷剛氣息一窒，抬眼望向姑娘。她退到他身旁，用盡力氣將他強行推開，手中綢袖包裹飛斧，吃力得額上冒汗，在危難的時刻只夠看他一眼。

眼裡有擔憂、有驚慌、還有千言萬語。

他想也不想，舉起大刀，朝劇烈蠢動的綢袖砍去，要為她擋下攻擊，她卻彷彿觸火般，迅速離他遠去，對他施下不可動彈的咒，為此失去一絲力量，讓飛斧有機可趁。

嘶啦！

飛斧劃開綢衣，布料紛紛落下。

「不許再說了！」

她對公子怒喊，氣惱上次失手，沒能一舉消滅這魔物，害得她秘密難保，被挖掘出久遠的過去，被最不該聽見的雷剛知悉她竭力想隱藏的事。

俊逸如仙，實則為魔的男人，笑容映在利斧的平面上。

「妳能阻止我嗎？」

不能。

她必須專心對付利斧。

嬌嫩的小手中出現一塊墨玉，在圈劃時錚錚作響，一片片黑鱗出現，當小手收撤時，已出現一塊龍鱗之盾，顏色深暗、質地堅硬。

黑龍張口結舌，驀地大叫，又驚又怒：

「喂，快給我住手，不要亂用我的鱗！」

該是刀槍不入的龍鱗之盾暫時擋下利斧。但利斧彷彿自有意識，迴避不可摧毀的龍鱗，飛昇向上，才又急速下降，飛旋過去切斷她的髮、她的衣、她的繡鞋，甚至是她的肌膚。

姑娘揚手再擋，但飛斧近身旁，只有一髮之隔，龍鱗之盾無法成形，一片片掉落在地，聲似玉石。

就怕鱗片再被毀損，黑龍咒罵著上前，用力拍擊利斧，把攻擊轉到自己身上，讓姑娘有機會換得短暫喘息。這女人古靈精怪，肯定還有暗招。

傾斜的飛斧，削去姑娘肩上的繡，露出粉嫩的肌膚。

她匆忙翻身，以黑龍為遮掩，利斧卻沒有停下，直直追擊氣喘吁吁的獵物，視黑龍為無物。

他利爪交疊，龍氣灌滿全身，凝神接招。

但是詭異感愈來愈重，當利斧觸及爪尖時，他詫異的發現竟然感受不到敵意。

利斧如水流般，穿過他的爪、他的身，然後從他背後裂膚而出。

「該死！」

他憤怒咆哮，等待劇痛降臨，血濺五步──

沒有痛、沒有血，甚至沒有傷口。

利斧只追擊姑娘，執意與她不共戴天。

信妖鼓足勇氣，不敢在此時示弱，更不讓黑龍專美於前，把自己縮小成最硬的磚，咬牙挺身擋禦。

利斧穿透它，不留痕跡，沒有痛楚。

信妖張開嘴，舌頭伸得長長的，低頭檢視肚子，發現竟完好無缺。不僅是肚子，就連它的每寸紙都沒有傷口，甚至是半點疤痕。

「感受到了嗎？」

公子淡笑著，欣賞她的狼狽，因占盡上風而愉悅不已：

「這武器上充斥對妳的恨意。」

昔日大妖早被犧牲為無，只剩當日的武器還在，灌滿對姑娘純粹的恨。

那怨恨之深，讓煉獄都失色。

「他媽的，笑什麼笑！」

黑龍咬牙，厭煩那笑聲，還有深深的嘲弄：

「你在看哪裡？本龍神大爺還在這裡！」

他就是看不順眼，拒絕被小覷。

翻騰的威武巨龍發出震耳的龍嘯，長鬚直立，張口往白衣男子咬去，準備將這傢伙咬成肉末，再吐得遠遠的，免得再來礙眼，攪得硯城裡煩事多多，連累他奔來跑去。

銳利的龍牙在觸及公子時，被魔化的利爪握住。

彎彎的指甲搔過黑龍嘴裡的上顎，陷入軟肉中，能輕易就刺穿，直達龍神之腦。

公子終於看向他，神色鄙夷：

「我對你厭煩了。」

烏黑的、炙熱的惡火在魔爪中燃起，從內而外的噴冒，燒灼黑龍沒有防備之處，痛得他劇烈翻騰，盲目的吞下一口口積雪，卻還滅不盡內燃的火，入口的一切都變成焰灰，堵塞在咽喉處，吞不下、吐不出。

驀地，豔紅帶金的身影飛來。

見紅衣衫未乾，為黑龍趕到。她傾下身去，做出此生最放肆的事——她吻上黑龍，從它口中吸出惡火。

連黑龍都支撐不住，她僅僅是一條紅鯉魚，更難抵擋惡火摧殘。但是即便再疼、再痛，她都吻著他，把惡火吞入體內。

「不要！」

被惡火灼傷的嗓，喊出憤怒以及莫名的情緒，深濃得不需探究：

「不要為了我！不准妳為我而死——」

但他粗嘎的命令無法阻止一切，只能看著她撫著他的臉，露出溫柔滿足的微笑。

豔紅帶金的衣衫從最尾端開始焦黑，寸寸化做灰燼掉落，然後是她的雙足、她的身軀，紅豔的外表因惡火毀損，不再美貌。她在烈焰中含笑吞下最後一口烈焰，灰燼撒落如雪。

他落到地面，攏住灰燼不讓風吹散，雙眼深處灼痛，卻並非是惡火所傷。

低估公子的代價，讓黑龍作夢都想不到。

他想怒吼、想咆哮、想咬爛世上的一切，只因見紅為救他而死。脆弱的她殘留下的灰燼裡，只剩一枚小小的、豔紅色的鱗。

幾乎就在同時，利斧砍中姑娘。

不同對黑龍、信妖的毫無影響，重重的劈砍正中胸膛，傷口噴出紅潤的鮮血，猶如花季時，漫山茶花凋零，紅遍每個角落。

她仰著身，痛楚喘嘆。

利斧還不依不饒，非要致她於死地，在濺血的粉嫩胸上狠狠的橫劃，要刺入她的心——

鮮血灑出更多，開始飄落的雪花都被染紅。

咒力這時才鬆懈。

雷剛以最快的速度奔上前來，抓住她的後領，在危急之際將她拖離利斧。他的魂魄疼痛得幾乎散裂，徹底痛恨自己，當她受到攻擊時，只能一動也不動，無法拚盡一切保護她。

飛斧再來，他舉刀相抵，利斧與大刀交擊出金色的火花，其勢不可擋，將他往後推行，激出大片雪花。他的大刀裂開，幾欲斷落。

飛斧勢盡，在半空旋轉，又再次朝她襲來。雷剛護著她旋身，大腳往雪地上用力一踏，踏出一道窟窿，直抵著雪下灰岩，揮刀再次相抵。

刀斧相接的同時，大刀又崩了一個口子，碎片迸射，擊中了他的額頭，濺出了血。

血珠在空中飛轉，彈射到斧刃上，他額冒青筋，厲聲大喝：「停下！」同時翻轉使刀的手腕，將利斧往旁揮開。

他沒有停歇，迅速護著她轉身，知道那妖斧必會再次襲來，誰知那妖斧卻被他那一揮擋擊了出去，落在山壁上發出巨響，然後掉落雪地之中，再無動靜。

信妖趕緊上前，把利斧包裹得緊緊的、嚴嚴的，盡量爬行遠離，禁箍這可怕的武器。

姑娘軟軟、冷冷的躺臥在雷剛懷中，小手無力垂地。

到處都是她的血——神的血！

血液濺落在公子身上，也濺落在水晶洞裡，恰巧就在那兒灑得最多。神血自成封印，在水晶洞外設下更強限制。

得意的公子即使利用利斧，卻也不敵大量神血撲身。他燒灼扭痛，不甘的留下叫喚，從純白化為漆黑，黑上又滿是紅得耀眼的血漬。

「雲英。」

他慘叫著，在神血中消融。

雷剛無暇顧及其他，滿心滿眼只有姑娘。她的身子好冷，臉色慘白，連肌膚也白到接近透明，像是失去所有血液，連生命也隨之被流失。

「醒醒、醒醒！」

他啞聲呼喚，恨著自己的無能，只能袖手旁觀：

「不要離開我，聽見沒有？醒過來，睜看眼睛看我！」

她不該定住他。

但是，如果她不定住他，他又能做什麼？手上沾了她的血的大刀，能跟利斧對抗嗎？

她不給他這個機會。

所以，他非得要喚醒她，好好責備一番。

雷剛搖晃著愈來愈冷的嬌軀，貼附著她的臉，執意不肯放棄：

「公子說了什麼，我都不在乎，那全是過去，我要妳的現在跟往後。」

她不能離去，他跟她還過得不夠、說得不夠、愛得不夠。

「妳成過親，我不在乎。」

他一字一句，說給她聽。

「妳嫁給誰，我不在乎。」

「妳做過什麼，我不在乎。」

他痛徹心肺，摩擦她冰冷的臉，說出心裡最深的話：

「我只在乎妳如今在不在乎我。」

離間無用，他愛她之深，情願連魂魄都賠上。

「所以醒過來，親口告訴我妳在乎我，就像我在乎那麼多——不，二分之一也好、十分之一也好、百分之一也好。」

不論多少，都好。

姑娘動也不動，隨著他更深的擁抱，軟軟的往後傾倒，長髮垂散，像要將嬌小的她淹沒，從此深陷在岩石裡，也變成山的藥。

「不許離開，山已經有藥。」

他摩擦著她的手、她的臉感受不到一絲溫度。

「妳該治療的是我，我太愛妳，這也是一種重病，對吧？」

反覆呢喃、訴說，她始終沒有反應。雪下來愈來愈濃，他的聲音愈說愈啞，強壯的雙臂抱著她一次次搖晃，晃得很輕很輕，就怕會弄疼她的傷。

刷——

一聲輕響，落在雪地上。

是他買的珊瑚簪，比血更紅。

「簪子，是要送妳的。」

他用顫抖的手拿起珊瑚簪，簪在她的髮上：

「我知道妳戴著它會很美，所以才會買下來。醒過來瞧瞧吧，喜歡也好、不喜歡也罷，都要跟我說一聲。」

說到最後，語音微弱，他的臉埋進她的髮，讓髮變得更濕潤。

驀地，珊瑚簪泛出光華，潤潤的紅色光暈從髮上染開，滲透進慘白的臉、雙手、身軀，不但止住傷口的出血，也讓她的肌膚重新變得紅潤，指尖恢復淡淡的粉紅。

「雷剛。」她的聲音很小。

他全身僵住，遲疑的抬起頭，近乎膽怯的望向她的臉，多怕這是幻覺。

但她的雙眼是睜開的，唇色還有些白，卻噙著一絲淺淺的笑。

「我沒有死。」

他的情意浸潤了她，將她從瀕死邊緣拉回人世間。

「你這麼吵，我怎麼能死？」

「妳傷得太重，我——」

她抬起手，掩住他的唇，保證的點點頭：

「沒事了。」

她輕柔的撫摸他粗糙的臉龐，沒有告訴他自己已在瀕死之際，聽見他每一句話。

「帶我回木府，讓左手香醫治，不然傷口就要留疤了，我可不喜歡那樣。」

「好！」

雷剛二話不說，抱起她離開血淋淋的雪山之下，用最快的速度，往木府的方向飛奔。

❀

冷寂的雪地，只有一小塊地方沒有濺到血。

那是黑龍用身子阻擋，才沒有被血沾染，一小搓的灰燼。

他沒說半句話。

因為不知道該說些什麼。

因為說了也沒用。

只餘灰燼，還能期望什麼？

她剩下的只有一小片的鱗。

過了許久，他以指尖小心的沾起那片紅鱗，壓入額上，讓紅鱗覆蓋在原本的黑鱗上。這麼一來，永遠都無法取下——

他也不想取下。

蕭瑟的風雪來襲，黑龍望著灰燼被吹散，直到完全看不見後才站起身來，轉身離開失去她的地方，穿過山林，回到黑龍潭深處。

從今之後，再也沒有紅鯉魚能陪伴他。

炎暑

各位讀者，好久不見。

嗯，出現「好久」兩次，就知道該要欠揍了（掩護姿勢ing）。相隔數月才熬出這本卷二，跟往年相比實在怠惰許多，請各位善良的讀者原諒不才在下區區胖鯨魚阿心仔我，沒抓好寫作速度，讓大家久等了。

想當初交稿的時候，J君編輯大人立刻發了一個網頁給我，是「魔戒」裡名劍刺針的拍賣網頁。

先前跟同為宅宅好友的提起，當年「魔戒」三部曲席捲全球時，阿心仔迷得亂七八糟，買了限定版、內刻精靈文的魔戒。在第三部完結篇上映時，還買到台灣僅有幾場的「魔戒」馬拉松場次。

內容是前一、二部的導演版，加上第三部首映，我跟好友聖堂教母一起去看，接連看了十一個半小時，中間雖有短暫放風，可以覓食喝水，但是連坐十一個半小時，我到第三部時已是坐立難安，因為久坐的不舒適而很難專心。

啊，話題繞好遠……（謎之音：回題～回題～回題～）

總之，我想要買一把刺針劍，J君編輯大人幫我留心到了。

J君編編：妳看！刺針大拍賣。

阿心仔：嗯……（是暗示我買刺針自我謝罪嗎嗎嗎嗎嗎嗎？）

J君編編：妳有魔戒，跟刺針配一套，這樣就可以出發去末日火山了。

阿心仔：呃……溫泉浴？

因為罪孽深重，所以一時之間實在難以分辨是宅宅相惜，還是丁君編輯大人要我去跳火山，看看烈火能不能洗去我拖稿惡習。（謎之音：還是沒回題～還是沒回題～還是沒回題～）

最後，阿心仔沒去末日火山，意思意思的中暑倒地。

❀

寫卷二時，氣候漸漸熱起來。

硯城裡卻是四季如春，且故事發生的時序是深秋入冬之際，真讓我羨慕起居住在裡頭的角色們，不必被酷暑煎熬。

尤其是呀呀老師繪製的封面，夫人一副透心涼的模樣，真教人羨慕啊！

書中地理環境等等，都是我遊歷過的地點，寫著寫著就有股衝動，想抓起行囊飛奔到當地，享受舒適宜人的涼夏，打開木頭窗戶，就有涼風吹入，蓋著薄被、抱著鯨魚抱枕，舒舒服服的睡覺——

J君編編：妳是想去睡覺？

阿心仔：不不不，是去工作！工作！工作！我說錯了！

再異想天開一些，能搬進書裡的硯城居住，那也能生活得精彩刺激，只不過膽子要大一些，再加上運氣要好，半夜不能出門，雖然沒有二十四小時的便利商店，但是非常有趣。

可以調戲一下黑龍（黑龍：找死！）

跟姑娘喝茶（黑龍：替我要鱗片！）

找雷剛談心（黑龍：妳會死很快！）

逃給公子追（阿心仔：黑龍，怎麼不說話？黑龍：沒興趣跟死人說話。）

在卷二裡，成魔的公子有入魔的原因，也揭示些許姑娘的來歷，隨之而來的是更多疑問，在往後都會一一揭露。

用短篇來訴說一個大型故事，是很有趣的經驗，在主要情節之外，有許多的旁枝細節，慢慢的累積鋪陳，感覺有點像是在蓋房子，或是挑戰疊疊樂，要更小心的累積，成就感也更強。

說到新嘗試，不得不提２０１３年的二月時，第一次辦的簽名會。

那是南港展覽館（丁君編編：南港展覽館不是世貿二館喔，啾咪～阿心仔：啊，我立刻就改！）啊，是世貿二館最後一次使用，還在今年辦，也挺有意義的。

雖然，一直到簽名會前的最後幾分鐘，心中還是很忐忑，連上台的時候都在發抖，但是工作人員的安排周全、可愛主持人小A的專業，還有明明已經超出簽名名額，還在舞台場外鼓掌、大聲支持我的讀者們，都讓我感動不已。

其實，當時我是很想哭的。

不是被嚇哭，而是因為深深的感動。

能夠寫作，真的好幸福。

謝謝你們遠道而來，最遠居然有從英國飛回來台灣的，讓我好心疼，只能給她一個擁抱，實在不知該說什麼。

為了不讓大家往後久等，我會克服膽怯，努力多參加這類的活動，增加跟你們的互動，不會再讓你們等那麼久了，希望能多跟大家見面。

不過，雖然早有心理準備，但在會場聽到那句話，還是很受打擊。哪句話呢？

當然就是那句——

我、從、小、看、妳、的、書、長、大、的！

嗚嗚嗚嗚，雖然是事實，但是聽到的時候，還是很想噴淚啊。我的青春小鳥一去不回來～我的青春小鳥一去不回來～

印象最深的是，有位年輕美眉雙眼發光，興奮的對我說這句話，受到打擊的我掩面。排在下一個的，是這位美眉的姊姊，為了證實妹妹所言不虛，再補上一句：她真的是看妳的書長大的。

當時真有種一箭穿心的感嘆啊！

事實如此，我雖雙目含淚，還是很感謝大家的支持。

我愛你們。

簽名會之類的活動，往往都有人數限制，所以阿心仔也開了部落格，還有成立臉書粉絲團，歡迎大家來加入，往後不必只靠後記通消息了。

「典心小舖」部落格網址：

http://heartnovel.pixnet.net/blog

「典心小舖」臉書粉絲網頁：

http://0rz.tw/s6dGw

另外，有個好消息。

《硯城誌》系列也會有泰文版了！有更多人能看到我的作品，是非常值得高興的一件事。

定價
NT$340
HK$113

失控的AI－我在元宇宙被判死刑

官雨青(Peggy)/作者　Ooi Choon Liang/插畫

KadoKado百萬小說創作大賞・大賞得獎作品

天才醫師阿星的妻兒命喪惡火，他設計出妻兒的「亡者AI」，耽溺於虛擬世界。于珊是殯葬業大亨之女，卻被陷害揹負債務，企圖自殺時被阿星救下。在元宇宙有原配的阿星，與于珊之間產生情愫，哪一個世界的她，才是自己應該廝守的真愛？亡者AI協助于珊事業重生，卻也迫使她遭受死刑的威脅。

夏日計劃
作者——Irene309
插畫——梨月
1

國家圖書館出版品預行編目資料

硯城誌. 卷二, 公子 / 典心作. -- 初版. -- 臺北市 : 臺灣國際角川, 2013.08

面； 公分

ISBN 978-986-325-526-0(平裝)

857.7 102012144

Kadokawa Fantastic Novels DX

硯城誌 卷二 公子

2013年9月18日 初版第1刷發行
2023年9月11日 二版第1刷發行

作　者：典心
插　畫：呀呀

發行人：岩崎剛人
總　監：呂慧君
編　輯：陳育婷
美術設計：林慧玟
印　務：李明修（主任）、張加恩（主任）、張凱棋

發行所：台灣角川股份有限公司
地　址：104台北市中山區松江路223號3樓
電　話：（02）2515-3000
傳　真：（02）2515-0033
網　址：http://www.kadokawa.com.tw
劃撥帳戶：台灣角川股份有限公司
劃撥帳號：19487412
法律顧問：有澤法律事務所
製　版：尚騰印刷事業有限公司
ISBN：978-986-325-526-0